豚貴族は未来を切り開くようです
～二十年後の自分からの手紙で完全に人生が詰むと知ったので、必死にあがいてみようと思います～
3
しんこせい
イラスト riritto

ヘルベルト
アリス

ネル
マーロン
イザベラ

「うむ、こうして
誰かをうちに呼ぶのは
ずいぶんと久しぶりなので、
なかなか緊張するな……」

3
しんこせい
イラスト riritto
豚貴族は
未来を切り開く
ようです
～二十年後の自分からの手紙で完全に人生が詰むと知ったので、
必死にあがいてみようと思います～

CONTENTS

◇◇◇

The Piggy Aristocrat Seems to Be Carving Out a Future

第一章

進級と変わらぬもの

episode 1

「はあああああああっっ!!」

全面が石でできた床で靴裏が滑らぬよう、踏み固めるかのような力強い一歩を踏み出す。

そのまま軸足とは逆の足を跳ねるように動かし、身体《からだ》の勢いを乗せた振り下ろしを放つ。

稽古用の木剣とはいえ、当たり所が悪ければ打撲どころでは済まない一撃だ。

勢いに腕力、そこに更に身体のひねりと重心の移動によって威力を底上げした一撃を放つのは、銀髪の少年だ。

貴族らしい少しゆったりとした、仕立ての良い練習着を着用している彼の名は、ヘルベルト・フォン・ウンルー。

彼は王の右腕とも称されるウンルー公爵マキシムの長男であり、ウンルー公爵家の跡取りとなるべく教育を受けてきた。

「しっ!」

ヘルベルトが放った一撃は、木剣を横に構えた赤髪の少年――マーロンによって受け止められる。

衝撃で剣が飛ばぬよう両手で押さえているおかげで、無事一撃をしのぐことができた。

マーロンが着用しているのは、少しだけサイズの大きい気のする練習着だった。

まるで今目の前にいるヘルベルトにぴたりと合うようなサイズ感のせいで腕のあたりには少し余裕があり、足の長さを調整するために裾が縫い付けられている。

絹で作られた手触りの良さそうな練習着は、何度も使われたからか、洗濯をしたあとも若干の土色が混じっている。

「せいっ！」

そのままぬるりと攻防が入れ替わる。

マーロンはあまり強烈な一撃を放つことをしない。

彼の戦い方は持久戦に特化している。

大きなミスをすることなく耐え続け、相手のミスを逃さない。

攻撃は大ぶりではなく、しっかりと脇をしめて隙をとにかく減らす。

そして相手を剣の動きではなくその視線や筋肉の動きまで見て、総合的に判断をしていく。どっしりと構え大技を出すことがないからこそ、相手の動きを観察することに注力することができる。

そんなマーロンの地味だが玄人受けする戦法を、対するヘルベルトは強引な力業で解決してみせた。

「アクセラレート！」

突如として、ヘルベルトの動きが速くなる。

その速度は、実に通常時の三倍。

あらゆるものを加速させることのできる初級時空魔法、アクセラレート。

その使い手は必ず名を残すと言われる系統外魔法が一つである時空魔法。

数多《あまた》の伝説を残した賢者マリリンと同じ系統外魔法の使い手の素質をヘルベルトは持っている。

初級魔法でさえこれだけの効果を持つ魔法を、ヘルベルトはいくつも習得しているのだ。

ただしそんな彼と打ち合うことのできているマーロンもまた、並大抵の男ではない。

「――フィジカルブースト！」

マーロンの身体が、白色の光に包まれる。

彼は触れるものを許さぬような穢《けが》れなき白を身に纏《まと》ってみせた。

マーロンもまた、目の前にいるヘルベルトと同じ系統外魔法の使い手の一人。

彼が使うことのできる魔法は、光魔法。

攻撃・防御・補助・回復と一人でほぼ全ての役割を兼ねることのできる万能の能力である。かつて『光の救世主』と呼ばれていた、戦局をたった一人で変えることができるほどの人間が使っていた魔法である。

彼が使ったのは、初級光魔法であるフィジカルブースト。

その名の通り、己の身体をより速く、より固く強化させる魔法である。

そして攻撃力や防御力だけではなく反射神経や視力まで強化される。

マーロンは魔法の効果を遺憾なく発揮させ、三倍速で放たれたヘルベルトの一撃を、しっかりと受け止めてみせる。

けれど完全に威力を殺しきることはできず、剣を持つ手が痺《しび》れ、ブルブルと震えた。

全体的に効果を発揮する分、フィジカルブーストのそれぞれにかかる補正の効果は限定的なものとなる。

故に純粋な攻撃の応酬だけでは、ヘルベルトを相手にすると分が悪くなっていく。

「ハイヒール！」

しかしマーロンの強みは、あらゆることに対し応用の利く万能性だ。

彼が中級光魔法であるハイヒールを使ってみせると、それだけで腕の痺れは取れ、ヘルベルトにつけられた打撲跡が治っていく。

持ち前の粘り強さとタフネスが光魔法と組み合わさることで、マーロンは何人も貫くことのできぬ、絶対の盾となる。

ヘルベルトには及ばぬものの、その動きは明らかに速くなっている。

マーロンが放った鋭い突きを、ヘルベルトはしかし見てから避けてみせた。

アクセラレートによって三倍の速度を手にしているヘルベルトからすると、マーロンの動きはスローモーションにしか見えぬため、かわすことは容易《たやす》い。

けれどヘルベルトはそこで敢《あ》えてアクセラレートを切った。

アクセラレートは任意にオンオフが可能であるため、攻撃の際やどうしても攻撃が避けきれない際に限定して使用していく。

　アクセラレートは近接戦闘なら無類の強さを発揮することができるが、その代わりに使い続けるだけでかなりの魔力を消費してしまう。

　二人の身体能力は、ほぼ同等である。

　故に一撃の威力は、三倍の加速を以て放たれるヘルベルトの方が高い。

　けれどアクセラレートを使用していない状態では、フィジカルブーストで各種能力を底上げしているマーロンの方が優勢だ。

　二人は幾度となく剣を打ち合い、めまぐるしくその立ち位置を、攻守を変えながら戦い続け……。

　バキッッ!!

　結果として二人の勝負に決着がつくよりも、木剣が音をあげる方が早かった。

　飛んでくる剣先を刀身の半ばから折れている剣で叩《たた》き落とすと、ヘルベルトはふぅとため息を吐《つ》く。

　得物が壊れた以上、ここから先は魔法戦になる。

　ただ本気で魔法を撃ち合えば、この闘技場自体を壊してしまいかねない。

　かつて『覇究祭』が行われた時も、他の魔法使い達《たち》による防御魔法がなければ周囲に被害が出ていたという話だ。

　あの時よりも実力が上がっている今の二人であれば、それこそこの闘技場自体をダメにしてしまいかねない。

それに最近ではヘルベルト達は良くも悪くも有名人だ。

あまり人目につくド派手な魔法をバカスカ撃つわけにもいかない。

なので勝負は一旦切り上げ。とりあえず引き分けということで、模擬戦を切り上げることにした。

「もうちょっといい模造刀を使うか……」

「これも一応トレントの素材を使ってるし、これ以上となると……エルダートレントとかになるよな？　俺も賛成だけど、出せるかどうか不安だ……」

「出世払いで構わない。後で戦働きででも返してくれればいいさ」

模擬戦で使う度に武器が壊れてしまうのが、最近の二人の悩みだ。

ヘルベルト達が真剣に戦い合うと、粘りが強く壊れにくいはずの木刀を使っても、あっという間にダメになってしまうのだ。

鋳つぶした模造刀を使っても良いのだが、それだとヘルベルトとマーロンがガチでやり合った時の被害がしゃれにならない。

練習着は基本血まみれになるし、ちょっとミスをしただけで骨折や脱臼程度なら平気でする。

流石《さすが》に昼休みにそこまで身を削った鍛錬はしたくないということで、とりあえず二人の意見は一致を見ていた。

「出世払いか……ちなみにだけど、ウンルー公爵家の給金って高いのか？」

「いや、知らん。が、少なくともロデオが金に困ってるのは見たことがないぞ」

「そりゃ筆頭武官なら給料高いに決まってるだろ……」

ヘルベルトはいつものようにケビンに着替えさせて貰《もら》いながら、そしてマーロンは自身で練習着を脱ぎ、制服へと袖を通しながら相変わらず色々と世情に疎いヘルベルトに辟易《へきえき》した様子で話を続ける。

もはやこの光景も当たり前になりつつあるため、ヘルベルトもマーロンも完全にケビンのことを意識していない。ケビンの方も気配を消しながら、完全に裏方に徹しきっていた。

「とりあえず、見回りにでも行くか」

「だね、当直じゃないけど、ヘレネ達が心配だし」

「過保護だな」

時計を確認すると、まだ授業開始までには幾分か余裕がある。

このまま駄弁《だべ》っているのもあれなので、二人は闘技場を後にして学院の見回りをすることにした。

「ヘルベルト様、これを」

「おお、完全に忘れていた。ありがとう、ケビン」

「いえいえ」

ケビンに差し出されたのは、赤い腕章だ。

制服のシャツに通し、ついているピンを使って腕に留める。

その腕章には達筆な筆文字でこう記されていた。

――『リンドナー王立魔法学院生徒会』と。

二学期はあっという間に過ぎていき……気付けば年が明け、冬が終わって春がやってきた。三年は卒業し、入れ替わるように新入生達が入ってきて……ヘルベルト達は無事、二年生へと進級していた。

もちろん変わったものも多かったが、それは悪いことではない。

そもそもの話、世界に変わらないものなど存在しないのだから。

周囲を取り巻く環境は変化していたものの、彼ら自身の芯はブレることもなく。

ヘルベルト達は以前と変わらずに、学院生活を楽しんでいるのだった――。


正直なところヘルベルトは一年生時点で、あまり学院生活に重きを置いていなかった。

学院の勉強は自学自習でまかなえる範囲だし、正直なところ卒業扱いにしてもらって一分一秒でも長く魔法や戦闘の鍛錬に使いたいとすら思っていたのだ。

けれどそれを申し出たところ、マキシムに却下されてしまっている。

「ヘルベルト、お前は少し生き急ぎすぎている。間違いなくお前は今後、目も回るような忙しい日々を送ることになるだろう。で、あれば。恐らく最後のモラトリアムである学院生活をもっとしっかりと楽しんでおくべきだと、私は思うぞ」

それに嫡男として中途退学など許さんぞと言われてしまえば、ヘルベルトとしても何も言えなくなってしまった。

だがたしかに直近でやらなければ今後に関わってくるような喫緊の話は、グラハムを救出したところで一段落している。

あと手紙に記されている中で重要なものは未《いま》だ習得に至っていない時空魔法と、箇条書きの形で記されている今後起こるイベントくらいなものだ。

兆候を読み取ることができれば対応はできるだろうし、そのために人間側にも魔人側にも諜報網《ちょうほうもう》を敷いているため、たしかにまったく余裕がないというわけではないのだ。

それなら父上の言う通り、もう少し学院生活に力を入れてみるか……。

そんな風に考えていた時に、イザベラからとある提案をされたのである。

「ヘルベルト、もし良ければ生徒会に入らないか?」

二年生に上がってからすぐのこと、ヘルベルトはリンドナー王国が王女イザベラから生徒会加入のスカウトを受けたのである。

ちなみに生徒会は会長選と副会長選を除くと、選挙制ではなくスカウト制を取っている。

イザベラは王女という肩書きと人好きのする闊達《かったつ》な性格も相まって、一年生の頃にスカウトを受け、そのまま生徒会に入会していた。

「生徒会か……」

リンドナー王立魔法学院には、生徒会が存在している。

そして生徒会役員であることが学院内で一種のステータスというか権威になるほどに、その影響力は絶大だ。

生徒会のOBが学院に多額の寄付をしているということもあり、わりと好き勝手が許されている。

噂《うわさ》では学院の予算にまで介入することができるという話も、まことしやかにささやかれていたりもする。

イベント実行委員会の中には必ずと言っていいほどに生徒会が介入するし、突発的に行われる催し事も、大抵の場合生徒会の発案であることが多い。

ヘルベルトの決闘の時も、場を取り仕切っていたのは生徒会役員だった。

(たしかに学院生活を楽しもうとは思っていたが……正直生徒会には、あまりいいイメージがない)

ヘルベルトは決闘騒ぎの一件のせいで、生徒会にあまりいい印象を抱いていない。

なので本来学院生であれば喜ぶようなスカウトの提案にも、すぐに飛びつくほどではなかった。

断るべきか悩んでいた彼の最後の一押しになったのは、イザベラのとある一言だった。

「ちなみにネルは、既に入会が内定しているぞ」

「それなら俺も入ろう」

食い気味に答えるヘルベルトであった。

ネルが入るというのならば、ヘルベルトとしては入らない選択肢はない。

どうやらイザベラは一年時に目星をつけていた生徒達に積極的に声をかけたようで、結果としてマーロンや彼の幼なじみであるヘレネや三年生に進級したティナなどまで生徒会に入ることになった。

結果として生徒会のメンバーの中にヘルベルトのよく知っている者達が増えたことで、以前の一件で感じていたわだかまりも払拭され、ヘルベルトは心置きなく生徒会役員として活動をするようになっていくのだった――。


リンドナー王立魔法学院の生徒会は、よその学校で言うところの風紀委員の役割も兼ねている。

たとえば学校内では魔法の使用は禁止されているが、貴族として育ち自分こそがルールだと思っている人間の中には、ついカッとなってそのルールを破ってしまうような者も少なくない。

そう言った際に私闘を止めたり、またある時は事前に抑止を行ったり。

いざという時には実力行使をすることも選択肢に入れなければならないため、生徒会役員の実働部隊には最低限の戦闘能力は必須とされている（ちなみにネルやイザベラなどは部活動の予算決めや各種備品の用意などといった裏方仕事を行っているため、ここにはカウントされない）。

他の者達と比べて圧倒的なアドバンテージのある系統外魔法を使うことができ、更に実戦経験もあるヘルベルトやマーロンがスカウトされたのは、ある種当然のことであった。

ちなみにティナは二年時にスカウトをされても辞退をしたらしいが、三年になってから生徒会に入った。

恐らく心境の変化があってのことなのだろうが、そこら辺には自身の身から出たさびも大いに関係していそうなので、ヘルベルトとしてもあまり迂闊《うかつ》に聞くことができていなかったりする。


「といっても、そんなに頻繁に出動するような自体にはならないんだがな」

「毎度そこら中で決闘騒ぎなんか起こってたら、流石に世紀末すぎるし」

魔法学院に通うのはマーロンとヘレネ、そして今年入ってきた平民の特待生を除けば、貴族家の人間がほとんどだ。

傲慢な人間もいないではないが、そこは貴族同士ということもあり、そこまで大きな問題というのはめったなことでは起こらない。

事実ヘルベルト達が生徒会役員入りをしてから既に一ヶ月以上が経過しているが、未だに事件らしい事件は片手で数えられる程度にしか起こっていない。

なのでヘルベルト達としても、ガンガン仲裁をするというより何か事件が起こらないかと未然にパトロールをすることの方が圧倒的に多い。

まだ授業が始まるまでには十分以上時間があったので、校舎を見回り始める。

上級生からは学院のルールを知っている二、三年生よりも色々と慣れないことも多い一年生のところを重点的に回るように言われている。

そのためヘルベルト達は一年生が過ごしている校舎の三階へと向かう。

「ねぇ、あれが噂の……」

「ヘルベルト先輩、かっこいい！」

ヘルベルトは気取った様子で髪をかき上げ、そのまま手を上げる。

するとその様子を見た一年生の女子から、先ほどよりも黄色い声援が上がる。

それを見たマーロンは、処置なしという感じで肩を竦《すく》めた。

「ヘルベルト、お前……婚約者持ちのくせに軽すぎるぞ」

「お前が堅物過ぎるだけさ。賞賛や羨望の声に応えてこそのヘルベルト・フォン・ウンルーだからな。それにこういうものは何度浴びても、飽きるということもない」

二人が話しているのを見た女性徒達がまた騒ぎ出し始める様子を見て、マーロンは露骨に眉間にしわを寄せた。

それを見ていい加減慣れろよと、ヘルベルトが苦笑する。

ヘルベルトもマーロンも、良くも悪くも有名人だ。

おまけにそれは学院内に留《とど》まらず、ここ最近では市井の人々の間でも二人のことが話題に上ることも増えてきていると聞く。

ヘルベルトは社交界デビューも既に済ませ人の視線にさらされることに慣れているが、元が辺境の騎士見習いのマーロンにはそれがどうにも落ち着かないらしい。

ここ最近は敢えて目立たないようにしている節すらあり、実は生徒会入りに一番難色を示したのは、去年スカウトを断ったティナではなくマーロンだったりする。

彼は『光の救世主』と同じ光魔法の力をその身に宿す未来の勇者なのだが、わりと陰のある人物でもある。

そんな気質のせいで自分の女性人気が更に上がっているのだが……肝心のマーロンがそれに気付いている節はなく。

マーロンの今後が気にかかる、ヘルベルトだった。

「もっとも、そのせいで面倒事が増えたのもたしかだがな」

「勘弁してほしいよ、ホントにさ……」

系統外魔法を使えると言うことの意味は、それほどまでに重いのだ。

二人がその真の意味を理解できるようになったのは、『覇究祭』で全力を出してからすぐのことだった。

まずヘルベルトはネルと婚約をしているにもかかわらず、隣国である帝国の大貴族の娘との見合いを組まれてしまった。

両国の微妙な関係上断るわけにもいかず、結果としてヘルベルトとしても受けざるを得ず、むくれたネルの機嫌を直すためには実に二週間以上の月日を必要とした。

恐らく自分の頭越しに親同士で話が決まった段階で、なんらかの動きがあることだろう。

できればうやむやにして破談にしたいところではあるのだが……それも難しいだろうとは思うので、ヘルベルトとしては話が空中分解してしまうことを願ってやまなかった。

そしてマーロンの方はというと、そろそろ断り切れぬ量の上級貴族からの身請けや見合い話が舞い込むようになり、捌《さば》くことが不可能になった。

そしてどうしようもなくなりかけていたマーロンがヘルベルトに相談し、それをヘルベルトがマキシムに通し……紆余《うよ》曲折《きょくせつ》の末現在マーロンはウンルー公爵家預かりという形に落ち着いている。

ヘルベルトはマーロンを将来の配下にすることで二人の関係性が壊れてしまうことを危惧していたのだが、その話をしてもマキシムの態度は何一つ変わらなかった。

「貴族社会では、人が同じ関係性のまま続いていくことなどあり得ない。お互いの立場が変わろうが、それでも付き合い続けることができるのが真の友達というものだ。現に私は今でも陛下と付き合いをさせてもらっている。二人の関係性は変わったが、学院時代の悪友だった頃と、本質は何も変わっていない」

そう言われてしまえば、ヘルベルトとしてはぐぅの音も出ない。

だがたしかに考えてみればティナは今もヘルベルトの競争相手であり、良き友人だ。

マーロンが自家預かりの身になったところで、何かが大きく変わるわけでもないだろう。

それにマーロンは将来、勇者として貴族位を授かるはずだ。

その時になればまた対等に話をすることができるだろう、とは思うのだが……。

「人の視線が多いな……」

マーロンがヘルベルトの背中に隠れながら、女史達からの視線を遮る。

色々な方面から熱視線を浴び続けていたせいか、ここ最近マーロンは誰かの注目を浴びることを嫌がるようになっていた。

特に女性に対してはそれが顕著で、若干女性不信気味な様子まで見られるようになった。

『光の救世主』と同じ光魔法を手に入れたにもかかわらずどうにも影の道を進んでいるようにしか見えないマーロンを見て、ヘルベルトは本当に大丈夫なんだろうかと不安になりながらも見回りを終えるのだった……。


学年が上がるにあたり、当然のようにクラス替えが行われる運びとなった。

教師陣が公平だと称しているはずのクラス分けでは、驚くべきことに、マーロン、ヘルベルト、イザベラ、ネルの四人が同じ二年A組に配属されることになった。

明らかに学校の作為が入っているだろうとは思うのだが、ネルと同じクラスになることができて、ヘルベルトとしては嬉《うれ》しくないはずがない。

その圧倒的な事実の前では全てがかすむため、特に文句はつけずにいた。

そして他の生徒達もマーロンとヘルベルトが今後王国において重要な役割を担うであろうことを肌感で理解しているため、二人のために行われた調整に文句をつけるような者はいない。

A組におけるヘルベルトの席は全体が五列になっている席の三列目、真ん中の位置にあたる。

そしてネルの席は、一番前だった。

なので位置取り的には、ヘルベルトはネルの姿を見つめる形になる。

ノートを取り終えたり問題演習を終えたりしてから顔を上げれば、そこにはネルの後ろ姿がある。

たったそれだけの事実が、既に自学で済ませており復習にしかならない授業を、バラ色な彩りのあるものへと染めあげる。

キーンコーンカーンコーン……。

六限目の授業の終了を伝えるチャイムの音が鳴る。

学科の先生が去り担任のホームルームが終われば、そのまま授業も終わりだ。

ネルがきっちりと教師に礼をしてから、鞄《かばん》の中に荷物を詰めていく。

そして背中に針金でも入れてるんじゃないかというくらいに真《ま》っ直《す》ぐな姿勢のまま立ち上がり、くるりとヘルベルトの方を向いた。

「行きましょう、ヘルベルト」

「ああ」

既に全ての用意を終えていたヘルベルトが立ち上がる。

ちなみに彼の片付けは全てケビンがやっているため、ヘルベルトの机の中やロッカーは誰よりも綺《き》麗《れい》に整頓されている。

ネルの隣に立って歩くが、手をつないだりするようなことはない。

由緒正しき学院の中では不埒《ふらち》だと至極まっとうな理由で、学院内であまりベタベタはしないようにしているのだ。

ヘルベルトとしては手をつないだり腕を組んだりするくらいはいいのではと思うのだが、ネルがかなりの恥ずかしがり屋なこともあり、ヘルベルトの提案が学院の中で成功したことは一度もない。

けれど学院内ではというだけで、外ではそこそこの確率で成功したりはしている。

喧嘩《けんか》をしたりすることも多いが、なんやかんやで仲のいい二人であった。

ここ最近はお互いの両親との仲も良好であり、定期的に一緒に晩餐《ばんさん》の機会を取るようにしていたりもする。

「そうだ、一旦校庭に出てもいいか？」

「校庭、ですか？」

「ああ、ローゼアが入部体験をしてるらしくてな」

「ローゼア君が……なるほど、わかりました」

ヘルベルトが二歩近付いたら、ネルが一歩半離れて。

それを見たヘルベルトが三歩遠のいたら、ネルの方から一歩半近付いて。

傍《はた》から見るとやきもきするように近付いたり遠ざかったりしながら、二人は歩いて校舎を後にするのだった——。


学院には一応、部活動が存在している。

一応というのは毎日授業後に夕方まで練習をして土日も朝から集まるというガチガチのものではなく、参加したい人達が参加すればいいという自由参加のスポーツクラブに近い形が取られているからだ。

貴族の子弟のために放課後に予定のあるものも多いため出席義務なんかもないし、幽霊部員も許容される。

男女が一緒に運動をしたりすることも多く、一生懸命運動をするというよりは比較的緩く、ある種社交のような形でスポーツを楽しむといった方が近いかもしれない。

ネルを引き連れてヘルベルトが校舎の中を歩いていく。

当然ながら二人の腕には生徒会役員と書かれている腕章がつけられている。

最初は恥ずかしかったが何度もしているうちに慣れたため、二人とも今ではなんとも思っていない。

けれどそれは本人達ばかりで、生徒会役員の腕章を見た生徒達は遠巻きにヘルベルト達のことを見つめている。

「うおぉ、ネル先輩かわいい……」

「かわいいというより綺麗系だろ、あれは」

「美男美女……悔しいがお似合いだぜ……」

魔物の足音を聞き分けることができるほどの聴力を持つヘルベルトは、遠くから自分達の方を見つめている男達の言葉を聞いて鼻高々である。

自分の婚約者のことを褒める言葉は、何度聞いてもいいものだった。

「どうしたんですか、ヘルベルト?」

「いや、自慢の婚約者だなと改めて思っただけだ」

「――なっ、何をっ!?」

ネルは勢いよくバッと顔を逸《そ》らした。

よく見れば彼女の耳の先は、その先にある顔の色を暗示しているかのように赤く染まっていた。

それを見たヘルベルトは何も言わず、一歩距離を詰めた。

すると今度はネルも離れようとはせず、その場を動かない。

一歩分距離を近づけた二人は、男子の羨ましそうな視線と女子からの好奇の視線を仲良く並んで浴びながら、校庭へと足を踏み入れるのだった——。


校庭ではいくつもの部が活動をしていた。

異界から伝えられたと呼ばれるいくつもの球技をしている生徒達の姿が目に映った。

サッカーと呼ばれる球蹴りをしていたり、ベースボールと呼ばれる球打ちをしていたり、あちこちで歓声や元気なかけ声が聞こえてくる。

ローゼアの姿は遠くからでもよく見えた。

彼はトラックと呼ばれる楕円形の運動場で、へばりながらも足を止めることなく走り続けている。

その隣には新入生のことを助けるためか、上級生の人間が一人併走しながらローゼアのことを元気づけていた。

——大方の期待を裏切るようなこともなく、ローゼアは無事にリンドナー王立魔法学院への入学試験に合格した。

そして一年生として入学し、勉学の日々を過ごしている。

本人に適性があるのは座学の方で、魔法の成績は良いものの剣術などの成績はあまり芳しくない。

どうやら本人的には色々と思うところがあるらしく、現在では陸上部に入り熱心に運動をしていた。

とにかく体力をつけておいて損はない。

下手に伸びるかもわからない剣術ではなく将来的に見て確実に役に立つ体力作りを先にやっておこうというのが、いかにも堅実な考え方をするローゼアらしい。

どうやら目標としていた外周が終わったらしく、小休止に入った。

水魔法を使い自分で作った水を飲んで休憩しているようだ。

「ふうぅ……………あ、兄上！」

「ローゼア、頑張っているようだな」

「どうもローゼア君、お久しぶりです」

ヘルベルトはなるべく学院内で、一日一度はローゼアとコミュニケーションを取るようにしている。

鍛錬をしていて帰るのが遅くなったり、色々と予定が立て込んでいるせいで家に帰れないようなことも少なくない。

そのため比較的時間がゆっくりと流れている学院内で、なるべく一度は会うようにしているのだ。

「いえ、そんなっ……大したことではっ……」

完全に息が整っていない様子のローゼアが、頭に被《かぶ》っているタオルを動かして顔を隠す。

どうやら見られていたと気付き、恥ずかしさを感じているらしい。

「ああ、いいんだ。今はゆっくり休憩を取っておいてくれ」

クールダウンの邪魔をしても悪いので、二言三言話をしてからその場を後にする。

内容は今日の晩ご飯だの、クラスで何があっただのといった、たわいない出来事だ。

ネルの方は相づちを打ちながら、それとなく微笑を浮かべている。

それを見た陸上部の部員達が頬を赤くしているのが、少し離れたところからでもよく見える。

やっぱり何度見ても（以下略）。

再び校舎に戻り生徒会室に向かう傍ら、ヘルベルトはずっと思っていた疑問を口にすることにした。

「なぁ、ネル、一つ聞いてもいいか？」

「なんですか？　私が答えられる範囲で良ければ、お答えします」

「ネルはローゼアと会って、気まずくなったりしないのか？」

かつてヘルベルトとネルの間の婚約関係が破談すれすれまで行っていた時。

ネルの父であるフェルディナント侯爵はネルの新たな婚約者を探すべく動き出しており、その中には当然ながらローゼアの姿もあった。

マキシムも乗り気だったという話だったから、実際問題最有力候補の一人だっただろう。

なのでヘルベルトとしてはローゼアとネルの関係がこじれないか、実は結構気を遣っていた。

けれど意外というか、ネルの方はそんなことが初めからなかったかのようにけろりとしている。

ヘルベルトが不思議に思うのも、決しておかしくはないだろう。

「別に、いち後輩としてかわいいと思いますよ」

「かわいい……だと……？　それなら俺のことはどんな風に思ってる？」

「そ、それは、かっこい……って、何言わせようとしてるんですか！　本題とズレてます！　黙秘権を行使させてもらいますから！」

どうやらネルからすると、既に全てのことには決着がついていて。

ヘルベルトがあれこれ考えていたのは、全て杞憂《きゆう》でしかないようだった。

(女の子は強いという話は聞いたことがあるが……)

ヘルベルトが知っている限り、ネルはこれほど強い女性ではなかったように思う。

出会ったばかりの頃の彼女は引っ込み思案で、信頼できる人の隣でしか本当の笑みを浮かべることができなくて。

けれど人は成長する。

父のマキシムが言っていたように、変わらないものというのはきっと、この世界には何一つ存在しないのだ。ネルが強くなったのにはきっと、自分が働いてきた不義理も多分に影響を及ぼしていることだろう。

であればヘルベルトは今まで苦労させた分、ネルには幸せになってもらわなければならない。

（とりあえず生徒会の業務が終わったら、デートにでも誘ってみるか……）

なんだかんだで学院生活を楽しんでいる、ヘルベルトなのであった——。

生徒会室は別棟と呼ばれる、課外授業や室内向けの部活動などが行われる棟の一階に存在している。

部活動で使っているからか、どこかの部屋からかしましい女の子達の声が響いてくる。

更に上の階の方からは、金管楽器を鳴らしている音が聞こえてきた。

どことなく騒がしさを感じながら綺麗にワックスがけのなされた廊下を歩いていけば、生徒会室という札が下げられている部屋はすぐそこだ。

生徒会室はまず見た目からして、他の部屋とは違った。

扉の色は赤であり、そこには金地の装飾がなされている。

ドアには磨《す》りガラスが使用されており、部屋の中が見えないようになっている。

二人は慣れた足取りで歩いていき、ドアを開く。

横開きになっているドアがガラガラと開けば、そこには見慣れた面子《メンツ》が並んでいる。

「おっそーい！　どこほっつき歩いてたの、二人とも！」

現れたのは、ヘルベルトよりも一回りほど小さな、赤髪をポニーテールにまとめた少女である。

学院内でファンクラブ（もちろん非公式）ができているらしい童顔は人形のように整っていて、けれどその豊かな感情表現と大げさな身振り手振りのおかげで人形めいたという形容詞は相応《ふさわ》しくないように思える。

ぴょんぴょんと飛び跳ねながらヘルベルト達を睨《にら》んでいる彼女は、こう見えてヘルベルト達の上級生に当たる三年生である。

ちなみに、睨んでいるといっても恐ろしさはなく、頬を膨らませたリスのようにしか見えないのでイマイチ凄《すご》みに欠ける。

跳ねる度に揺れ動く腕章には、生徒会会長の文字が躍っている。

――そう、彼女こそが生徒達からは恐れと尊敬を持って敬われているこの生徒会の会長、マリーカ・フォン・エーデルシュミットなのである。

「見回りをしてきました。本日も異常なしです」

「そっか、それなら良し！」

ネルがジト目で見てくるが、ヘルベルトは一応嘘《うそ》は言っていない。

学院内のパトロールも生徒会役員の日課なので、彼がやってきたことは業務の一環だからである。

実際問題魔法による騒ぎが起こるのは運動部周りのことが多いため、校庭を重点的に見回っているのは理に適《かな》ってもいる。

ヘルベルト自身そのついでにローゼアに会っているだけなので、さして問題だとも思っていないので、澄ました顔をしてやり過ごしてみせた。

「言うほど遅くもないでしょう。別に喫緊でやらなくちゃいけないことがあるわけでもないですし」

「私としてはあらゆる業務を擲《なげう》ってでもいの一番に生徒会室に来るべきだと思いますけどね」

この生徒会では次期生徒会長のための二年の副会長と、生徒会長の補佐をするための三年の副会長の二人を置くシステムを採用している。

生徒会長であるマリーカの左右を固めるのは、そんな二人の副会長である。

右側に立っているのは生徒会長からの推薦を受け、副会長選挙で無事に当選してみせたイザベラ。

そして左側に立っているのが、三年でヘルベルトの決闘の際に審判をしていたリガット・フォン・エッケンシュタインである。

リガットは神経質そうな眼鏡をかけた男性で、色々と聞き及んでいるからか、ヘルベルトへの態度はどこかよそよそしいものがあった。

（別に、全員と仲良くしなければいけないわけでもないしな）

人間である以上好みはあるだろうと、ヘルベルトの方は大して気にもしていない。

そして会長と副会長達がお誕生日席側のテーブルに座っており、その左右を固めるように生徒会役員達が揃《そろ》っていた。

その中にはどこか肩身が狭そうにしているマーロンや、彼の隣を定位置としてキープしているヘレネ、そして我関せずとばかりに皆から少し距離の離れたところに座っているティナの姿が見える。

ちなみに生徒会室は明らかに周囲にある部屋よりも中の部屋が広くなっており、そして有志からの支援によって定期的にリフォームが行われるため、中は新品も同然にピカピカである。

そのおかげで合わせて二十人以上のメンバーが並んでも、手狭だとは感じなかった。

マーロン達の向かいの席に座ると、ヘレネにパチリとウィンクをされる。

話をするようになってわかったのだが、彼女には意外とお茶目な一面がある。

ちなみにマーロンはヘレネの真似《まね》をしようとしていたのだが……どうやらかなりウィンクが下手らしく、彼はただ片方だけ勢いをつけて両目をつぶっているだけだった。

それを見て噴き出しそうになっているうちに、議長でもあるマリーカによる業務報告が始まる。

「さて、それでは本日の議題です。まずはテニス部のコート貸し出し手続きに関してですが……」

生徒会自体が部活動の予算を割り振る役目を背負っている以上、話は真剣に聞かなければならない。

ヘルベルトは意識を集中させながら、目の前にある報告書類に目を通していくのだった――。


「長かったな……」

「……」

ゴキゴキと首を鳴らしながら、校舎を出るヘルベルト。

その隣にはネルがいて、少しだけ引きつった笑みを浮かべたまま黙していた。否定しないということは、少なくとも彼女にとっても長くはあったのだろう。

二人とも行きは馬車で送迎してもらっているのだが、帰り道は徒歩で生徒会役員達と一緒に帰るようにしている。

マーロンやヘレネ達と足並みを揃えるためでもあるし、その方が一緒にいられる時間が長いからという即物的な理由もあったりする。

基本的には鍛錬があるため、よほどのことがない限り放課後はネルを送ったらそのまま直帰だ。

故に二人はいつもよりも少しだけ歩幅を縮めながら、短い二人の時間を楽しむのである。

「最近はどうにも、暗いニュースばかりが続きますね……」

一緒に帰っていると、井戸端会議をするお母様方の話し声が耳に入ってくる。

恐らくそのうちの一つを拾ったのだろう。

「魔人関連のニュースが最近は多いよな」

「ええ、大事にならなければいいのですけど」

「――そうだな」

ヘルベルトはいつもの彼よりも一拍送れて返事を返す。

不自然にならなかったか確認してみるが、ネルの方に気付かれた様子はない。

――ヘルベルトは今後の王都がどうなるかを、未来からの手紙によって知っている。

故に魔人の話が今後どんどんと膨れ上がっていき、その後は王国そのものを揺るがすほどの大災害が引き起こされることを知ってしまっているのだ。

紙幅の都合上断片的なものでしかないが、今後起こるであろうおおまかな出来事はわかっている。

このままヘルベルトが何もしなければ起こるであろう出来事を羅列していくとすれば……まず第一に、魔人達による被害は悪化の一途を辿《たど》る。

今から数年もしないうちに、中規模程度の街の中には魔人達に滅ぼされる者達も出てくるようになるほどに。

そして今から五年後には魔物を操る魔人達が襲来し、王都そのものが戦火に見舞われることになる。

その際に王都を防衛する国軍と貴族兵達は侵入を許しながらも辛勝するが、王都はその首都としての機能を大きく失う。

また防衛に参加していた貴族のうちの多くが戦傷を受けることとなり、王の権威が失墜し弱体化するのと同時に、各地の貴族達は独立独歩の気風を強めていくようになる。

辺境暮らしを余儀なくされたヘルベルトは魔人による被害が大きくなる中偶然に時空魔法の才能に目覚め、再び脚光を浴びるようになったという。

つまり間違いなくウンルー公爵領にも魔人達はやってくる。

来るべき時のためにも――なんとしてでも、強くならなければならない。

その決意を新たにしながら、ギュッとネルの小さな手のひらを握る。

「……（きゅっ）」

ネルはヘルベルトの横顔を見て、そのまま何も言わずに手を握り返す。

「何があろうとも……ネル、お前だけは守り通してみせる」

「ありがとう、ヘルベルト……それじゃあ、また」

ネルを屋敷へと送ったら、ヘルベルトはそのまま自分の屋敷へと戻っていく。

ヘルベルトとしても、何もせずに手をこまねいているわけにはいかない。

王都を守るためにも、そしてネルを始めとした大切な人達を守るためにも。

早足で家路を辿るヘルベルトの横顔は、戦う男のそれをしていた――。

学院生活を終えても、ヘルベルトの一日は終わらない。

むしろここからが本番と言ってもいいかもしれない。

ヘルベルトは一度家に戻ってから、公爵の所有する練兵場に向かう。

手間と思われるかもしれないが、当然ながらそれにも理由があった。

ヘルベルトが自室に戻ると、彼を迎えたのは屋敷の使用人ではなく黒装束を身に纏った女性であった。

髪の色は影に溶けるような漆黒で、瞳は血を思わせるルチルクォーツ。

顔立ちは整っているのだが、どことなく印象に残らない凡庸な顔をしているように見える。

彼女の名はクレイ。

マキシムが根と呼んでいる、公爵が独自に持っている諜報網のメンバーである。

ヘルベルトが再び嫡子としての領主教育を受けるようになるにあたってつけられた人員のうちの一人だ。

領主というのは、ただ誠実でいるだけで続けられるものではない。

故にマキシムは清濁併せのむことができるように、領主教育を前倒しにし諜報組織の使い方を学ばせておくことにしたのだ。

「報告を」

「はっ、まずはフェルディナント侯爵領における密偵の報告ですが……」

クレイの報告を聞いて、一つ一つ整理していく。

ウンルー公爵家の根による情報は非常に多岐に渡る。

そしてその中には明らかにどうでも良さそうなものから、もしかするとなんらかの陰謀があるかもしれないと思わせるものまで、玉石混淆《ぎょくせきこんこう》だ。

しっかりと聞き逃しのないように傾注しなければならない。

——公爵家という家柄は、リンドナー広しといえどウンルー家を含めてもたったの三つしかない。

彼らは建国以来長きに渡って王国をもり立ててきた押しも押されぬ大貴族達であり、そして皆多かれ少なかれ王家の血筋を引いている。

故に王国内に張っている根は非常に広く、そして深い。

中には他領や他国の中で何代も過ごしているような者達までいるほどだ。

街にいる下手な情報屋などから聞くよりも、よほど正確な情報を手に入れることができる。

そんな諜報網の一端を使うことを、ヘルベルトは既に許されていた。

既に学生の身でありながらそのようなことが許された理由は、ヘルベルトが少し前にしたとある告白にまで遡る——。


ヘルベルトは自分が明らかにおかしな行動を取っていることを自覚していた。

ケビンの『カンパネラの息吹』を治すために『土塊薬《つちくれぐすり》』を作ろうとしたり、『重界卿《きょう》』グラハムを救い出すために大樹海へと出かけたり。

けれど彼の行動に対して、マキシムは何も言っては来なかった。

ヘルベルトはその父の優しさに感謝し、そして自分が喫緊で越えなければならない難題を越えたことで、話をするための踏ん切りがついた。

だから彼は──マキシムに、真実を伝えることにしたのだ。

「実は──私は未来の情報を持っているのです。もちろん、かなり限られた情報ではあるのですが……」

ヘルベルトが胸元から取り出したのは、公爵家の家紋である双頭の蛇の蠟印《ろういん》のなされた手紙だ。

今までずっと丁寧に机の中にしまっていた、ヘルベルトの運命が変わるきっかけになったあの未来からの手紙である。

マキシムが現実的な男だと言うことは理解している。彼に突飛すぎることに一定の理解を示してもらうため、未来から託された手紙を状況証拠として提出することにしたのだ。

下手をすれば紋章を偽造したとして罪に問われる可能性もある行為だったが、ヘルベルトはためらわなかった。

関係を修復できた今、隠すべきことは何もない。

だとすれば情報は、自分よりも頭も回り、取る手だての多いマキシムに共有しておいた方がいい。

「……お前が何かを抱えていることは理解していた。しかし……そうか、手紙か……目を通させてもらっても?」

「もちろんです」

マキシムが茶褐色に変色した手紙を読み進め始める。

ヘルベルトとしては最初の一枚がかつての自分の涙でにじんでいるのを見られるのが、妙に気恥ずかしかった。

二枚目、三枚目、時空魔法の覚え方が書かれている四枚目は飛ばして五枚目……そして最後の一枚にまで目を通し、綺麗に元の形に折りたたんでから封筒の中へと戻す。

「……ヘルベルト」

「はい、なんでしょうか父上」

ヘルベルトとしては、怒られることを覚悟していたつもりだった。

未来の出来事が記された手紙があるのなら、一刻も早く見せておくべきだということは理解していたのだ。

情報は金に勝る価値を持つということくらいは、ヘルベルトにだってわかっている。

けど自分なりに過去とケリをつけるまでは、このことは心の内にしまっておきたかった。

何せ抱えているものが大きすぎる。情報が広まってしまえば未来が変わり、事情が変わってしまう可能性も大いに考えられる。

だから色々と問い詰められるだろうということは覚悟していたのだが……マキシムの答えは、彼の予想とは大きくズレていた。

「――私はそんなに頼りなかったか？」

「……え？」

「たしかにお前のことを見ようとしなかった時期があるのは認めよう。あれは完全に私に非がある。だがな、俺は少し……寂しく思う」

珍しく一人称が変わっているマキシムだったが、そんな些細《ささい》な変化にヘルベルトは気付くことはなかった。

なぜならもっと大きな変化が、マキシムの表情に起こっていたからだ。

「いや……俺も悪いか」

「い、いえ、父上は何も悪くありません！　全ては手紙を隠そうとしていた私の……」

「――ヘルベルト、先ほども言ったが、俺はお前が何かを抱えているのは理解していた。てっきり俺は時空魔法で未来からの断片的な情報を得られる未来予測のようなものができるのだと思っていたがな」

マキシムは下唇を噛《か》みしめて、眉間にしわを寄せていた。

悔しさから噛みしめている唇は白く変色し、その拳も白くうっ血するほどに握りしめられている。

いつも冷静沈着で落ち着いている彼のあまりの豹変《ひょうへん》ぶりに、ヘルベルトの方が狼狽《ろうばい》してしまうほどだ。

「多少強引にでも、事情を聞き出すべきだった。そうすれば今までお前が抱えてきた心の負担のいくばくかでも、背負うことができたはずなのにな……」

「父上……」

けれど優秀な人間は切り替えるのも早い。

一通り歯を食いしばってから冷えた紅茶を一息で飲み、ゆっくりと目を閉じたまま深呼吸をする。カッと瞼《まぶた》を上げると、するとそこにはいつも通りのマキシムの姿があった。

「ヘルベルト、お前が危惧していたのは私が動きすぎることによって未来が変わってしまい、情報アドバンテージがなくなってしまうことで間違いないか？」

「は、はい。それももちろん理由の一つです」

ヘルベルトが持っている未来の情報。

これには文字通り値千金の価値があるが、取り扱いには注意が必要だ。

この情報を基にマキシムが、あるいは彼が上申した王が行動を変えた場合、それによって起こる事象は変わる可能性がある。

たとえばヘルベルトの情報を基に悲劇を救ったとしても、それが原因でまた新たな悲劇が生み出される可能性があるからだ。

故に派手な動きをしすぎて、歴史そのものが変わってしまうことは避けるべき事態だ。

マキシムは歴史改変の危険性に、ヘルベルトが告げる前からたどり着いていた。

「となると、あまり派手に動きすぎるのも考えものだな……それにいくら証拠があるといっても、大貴族達や陛下を動かすにはちと根拠が弱い……ヘルベルト、この情報をどの段階で公開していくかは、私の独断で決めても構わないか？」

「ええ、構いません」

というより、ヘルベルトとしても願ったり叶《かな》ったりである。

彼は時空魔法の使い手として、王国第二の賢者になるのではないかと期待されているものの、その身分はただの学生に過ぎない。

今の彼には実際に貴族や兵を動かせるだけの権限も発言権もない。

マキシムが動いてくれるのなら、間違いが起きることもないだろう。

ヘルベルトは当然のように了承する。するとなぜかマキシムの方が、困ったような顔をしはじめる。

「だがこれだけのものをもらっておいて何もしないというのもな……そうだ、それならお前に一つ、プレゼントをやろう」

そしてそこでヘルベルトは、ウンルー公爵家が長い時間をかけて張ってきた根のネットワークを使う権利をもらい、根のメンバーであるクレイを新たに配下として加えることを許されるのだった。

こうしてヘルベルトの手紙のお披露目は、彼がまったく想像していなかった形を迎えることとなったのである――。

「――報告は以上になります、ヘルベルト様」

「ああ、わかった」

以前のことを思い出しながらも報告を脳内でまとめていたヘルベルト。

基本王都に滞在しながらもさして支障もなく領内を纏められるマキシムと比べるとまだまだではあるが、その並列思考は確実に親譲りのものだった。

「気になるのはやはり、地下組織の活発化だな」

「根のメンバーが行方不明になっているあれですね」

ここ最近、王都でどうにもきな臭い事件が起きている。

『アガレスク教団』を名乗る連中が地下組織を吸収しながら、着実に大きくなっているのだ。

最初は小さなカルト集団だった『アガレスク教団』の教徒が、飛ぶ鳥を落とす勢いで増えており、ここ最近では王都でその名を聞かぬ日はないほどらしい。

その目的に掲げているのは、苦痛からの解放。

昨今情勢が不安定であることも彼らを後押ししており、一般人の中にも信徒が増えているという話だ。

けれど彼らは王都で起こっている不審死の事件のいくつかに関わっている。

地下組織を吸収していることからもわかるように、裏ではかなり強引な手法を使って金を集めているようだ。

ことは王都の治安にも関わるからと詳しいことを調べるためにマキシムも根のメンバーを派遣したのだが、その後は一向に連絡が取れなくなってしまっている。

そのメンバーは諜報員であるが、ある程度は戦闘能力も持っていた。

相手側にもかなりの手練《てだ》れがいるのは間違いない。

「帝国が扇動している可能性は？」

「そちらの線は低いようです。あそこは魔人騒ぎでそれどころではないようですので」

隣国である帝国とは、現在かつてないほどに良好な関係性を築けている。

情報封鎖が入っているらしく詳細はわからないのだが、向こうは魔人達に対して後手後手に回っており、かなり手痛いダメージを受けているらしい。

現在ヘルベルトに帝国貴族との見合いが組まれているのも、そんな両国間の関係性改善の一環だったりする。

本人からするとたまったものではない。

「魔人側の動きもそろそろ来るはずだ」

「我らではどうにもなりませんでしたので、助かります」

現在ヘルベルトが抱えている配下は、合わせて三人いる（ティナとマーロンはまだ学生のため、配下候補生と言った方が正しいからだ）。

その三人とは『重界卿』グラハム、その弟子である骨人族のズーグ、最後に大樹海で拾った、人と愛し合っている魔人のパリスだ。

現在ロデオは領内の治安の安定化のために、王都を抜けて公爵領を飛び回っている。

そのため現在ヘルベルトの師匠として稽古をつけてくれているのは、グラハムだ。

もっとも彼は相変わらずちゃらんぽらんなところがあるため、毎回立ち会ってもらえるわけではないのだが、一応彼なりに面倒を見てくれるつもりはあるようで、彼が一緒になって頭を抱えてくれるおかげで新たな時空魔法のうちのいくつかをマスターすることもできている。

残る二人にも、当然ながら役目を与えている。

現在ズーグは大樹海で暮らしている魔人達の動向を探るため、魔人達の集落を訪ねて回っている。

彼はかねてから骨人族が住んでいる以外のところへ出向きたがっていた。

現状リンドナー王国を歩かせるにはまだまだ市民達の理解が足りていないため、彼には魔人達のところへ出向いていき情報を集める任務を与えている。

見た目がスケルトンとほぼ同じであり、また魔人の中でも最弱との呼び声が高い骨人族ではあるが、ズーグは現状ティナやパリスを相手に白星をあげられるくらいには強い。

魔人の中には強さ至上主義という考え方を持つ者も多いため、彼がその強さを遺憾なく発揮させれば、魔人側から情報を提供してくれることだろう。

またパリスには、根の候補生として王国中を回ってもらっている。

パリスの場合、今後のことを考えれば人間社会にある程度溶け込む必要がある。

表舞台に出ることのない根は、彼が属する組織としてぴったりなのだ。

そして根の側としても、魔人の思考法を理解できるパリスという存在は非常に利用価値が大きい。

またそれだけではなく、パリスは現在人間に溶け込んで暮らしている魔人の中に知り合いもおり、
更には彼は人の中に隠れ潜んでいる魔人を、ある程度高い精度で看破することまでできる。

今では当初ヘルベルトが想像する以上に根に馴染《なじ》んでおり、有望なルーキーとして各所から期待の目を向けられているらしい。

そんな二人との定時連絡の時が近付いていた。

恐らく人間側からでは得られないような何かを得ることができるはずだ。

何の根拠もないのだが、ヘルベルトはそこに『アガレスク教団』の名があるという予感があった。

そして報告の内容は、彼の予感を裏切らなかった。

どうやら『アガレスク教団』の教祖は魔人で間違いないらしい。

魔人達が様々なルートを使い王都に潜入を始めているらしいということが判明した。

状況はどうやら、かなりきな臭くなりつつあるようだ――。

第二章 転校生襲来 episode 2

王都にはいくつもの練兵場が存在している。

その理由は建国当時にまで遡る。

当時のリンドナー王国は、今のように安定しているわけではなく、常に戦火にさらされていた。

周囲にはいくつもの強力な国家があり、王都まで攻め入られるようなことも少なくなかったのである。

そのためいつ外敵が来ても戦えるよう、王都にはいくつもの練兵場を併設した兵舎が立てられた。

有事の際には簡易的な砦《とりで》としても使えるようになっているこの施設は、現在ではその役目が変わりつつある。

隣国と小競り合いをするぐらいでおおむね平和であったリンドナー王国では、大きな戦争が起こらないため積極的な軍拡を進めていない。

むしろ昨今は軍縮とまではいかなくとも兵数を維持するくらいで、年々かかる維持費も少なくなっているような状態だ。

現在も国軍のうちの一つは常に王都であるスピネルに留め置かれているが、それだけでは兵舎も練兵場にも空きが出るようになった。それをだぶつかせるのはいささかもったいない。そのため王家はいくつかの貴族家に練兵場を貸し出し、王都に定期的に兵士達《たち》を見せにくるように命令を出したのである。

筆頭武官であるロデオがしばらくの間王都に滞在していたのもそのためである。

ウンルー公爵家を始めとした大貴族家は兵舎や練兵場、人目を気にしなくていい地下の練習場などが詰め込まれた施設を貸し出され、日夜それを使って訓練を続けている。

ヘルベルトは貸し出されている地下の練習場に、己の師と共に立っていた。

「……（ごくり）」

師であるグラハムの見た目は、ヘルベルトが初めて見た時と比べるとずいぶんと違って見える。

着用しているのは軽鎧《けいがい》であり、その上から真っ赤なローブを身につけている。

トレードマークだった無精ひげは綺麗《きれい》に切り揃《そろ》えられ、マーロンが数度光魔法を使ったおかげで赤ら顔も元の白色に戻っている。

グラハムが固唾を呑んで見守る先には、意識を集中させているヘルベルトの姿があった。

ヘルベルトとグラハムの二人は、未来のヘルベルトから託された手紙を基に共同で時空魔法の開発・改良を進めてきていた。

空間を壊し、面としてつなげるという界面魔法はその性質上時空魔法に近い点があるため、今のヘルベルトでは理解ができないような空間に対するアプローチを教えたり、界面魔法を使って実際に肌感で覚えさせることができるようになった。

それによってヘルベルトの魔法の練習効率は格段に上がり、そして――。

「いきます――トランスファー！」

ヘルベルトの目の前にある紙で包装されたゴマ団子が、消える。

そして突然とグラハムの目の前に現れ、そのままポトリと床に落ちた。

「やったぞ――成功だ！」

中級時空魔法、トランスファー。

中級の中では最難関に位置しており、簡単に言えば物体を転送することができる魔法である。

使えるようになれば敵軍の頭上に巨大な岩を落としたり、必要な物資を適切な場所に送るようなこともできるようになる。

その応用の範囲も幅広く……何よりこの技術を極めれば、ヘルベルトのかねてからの願いであった転移《ワープ》の上級時空魔法、テレポートへの道のりが開けることになる。

グラハムはうむと一つ鷹揚《おうよう》に頷《うなず》いてから、ゴマ団子をひょいと拾い上げる。

ぺろりと包装をめくると、そのまま団子を人差し指で口の中へと弾《はじ》いた。

「うん、勝利の味だな」

「長かったですね……」

ヘルベルトも達成感を感じながら、近くにあったゴマ団子を口に入れる。

本来なら食べ慣れているはずなのだが、たしかに今までに食べたことがないような格別の味がした。

亜空間を作り、使用するという意味では中級時空魔法のディメンジョンもそうなのだが、自身で作った亜空間の中にものをしまうのと、二つの亜空間を作りその二つをつなげるというのでは、魔法としての難度の桁が違う。

グラハムがつきっきりで何度も界面魔法で空間を壊し、つなげるのを間近で見せてくれなければ、習得にはまだまだ時間がかかっていたことだろう。

「よし、それなら次はトランスファーで動ける距離を伸ばしていくぞ」

「――はいっ！」

グラハムはロデオに負けず、スパルタなところがある。

自分の周りに、厳しく接してくれる人がいるということはきっと、幸せなことだろう。

幸せなこと……のはずだ。

（よし、目標は三年までにテレポートを習得することにしよう）

自分を厳しく律するために一番良いのは、周囲の環境をそういう風に作ってしまうことである。

ヘルベルトの今の形は、ある種彼にとって理想型に近い。

このままいけば自分はまだまだ強くなれる。

それを確信しながら、ヘルベルトは早速意識を集中させる。

そして新しいゴマ団子を転送するべくトランスファー発動のために魔力を練り始めるのだった

――。


「何か焼き菓子でもないか？」

「それではこちらのマドレーヌなどいかがでしょう。授業中眠くならぬよう、小さめのサイズのものを用意しておきました」

「抜かりないな」

「恐れ入ります」

ヘルベルトは朝の一人の時間を大切にするようにしていた。

彼が一人の時間はあまり多くはない。

けれど人間、心の安寧を保つためにはある程度一人の時間も必要なものだ。

ヘルベルトは鍛錬を済ませてから登校時刻になる前の紅茶の時間を、大切にするようにしていた。

焼き菓子を口にして、嚙《か》みしめる。

ほのかに香る果実の香りと、酸味が加わることによってくどくなくなった砂糖の優しい甘みが口の中に広がっていく。

酸味と甘みのハーモニーを楽しみながら、口の中に残った甘みを紅茶の渋みで流す。

時計を見れば、いつも通り馬車がやってくる十分前。

体内時計の正確さに満足しながら、今日もまた悪くない一日が待っているはずだと足を組む。

そんな風に考えたのが良くなかったのだろうか。

パキリ。

「む……？」

枯れ枝を踏んだような音が鳴ると、ヘルベルトが握っていたカップの取っ手が取れた。

ケビンは即座に新しいカップを用意し茶を入れ直すが、彼も首を傾《かし》げていた。

「おかしいですね、定期的に新品に替えておりますので、壊れるほど摩耗するはずがないのですが……」

「不吉の予兆かもしれないぞ」

空を見ると、先ほどまで快晴だったはずの空から太陽の姿が消えていた。

切れ間がなく淀《よど》んだ雲が滞留しているせいで、どんよりとした曇り空になっている。

幸先《さいさき》が良くないなと感じるヘルベルト。

そしてそんな彼の予感は見事に的中することになる。

ヘルベルトの激動の一日が、始まるのだった――。


いつも通りに始業五分前に教室に入ると、教室がなんだか騒がしい。

近くで話をしていたマーロン達に交ざってみると、面白い話が耳に入ってきた。

「なんでも新しい学院生が来るらしいぞ」

「学院生って……二年生のこの時期にか？」

リンドナー王立魔法学院の中途入学は大変に難しい。

入学試験は貴族という肩書きさえあれば、あとは試験で結果を出せば入ることができるが、中途入学の場合はそこに更に家格が加味される。

少なくともヘルベルトが入ってきてからそんな生徒が来たことはなかったし、マーロンの話によると生徒会の記録でも一番最後に入ったのは六年前ということらしい。

その時の事情というのも従軍時に大けがをした伯爵家の長男が、傷が快癒したために受験を許されて、無事合格したといったものだった。

そういった複雑な事情を持つ高い能力を持つ学生しか、中途入学は許されない。

「一体誰が来ると思う？　男かな、女かな？」

「俺は男の方がいいな。これ以上かしましくなられたら、たまったもんじゃない」

男子学生としては当たり前の反応をする同級生に、マーロンはひどくドライな答えを返す。こいつの女性不信も大概だな……と思うヘルベルトも考えてみることにした。

入ってくるのが男性だろうが女性だろうが、あまり大した違いはない。

むしろヘルベルトからすると転校生の親が誰なのかの方が気になる。

「心当たりがある人間はいないのか？」

「それが少なくとも同い年のやつはいないらしいぜ。一個上二個上とかには候補は居るらしいけど」

ちなみに候補は三人居たが、全員男性だった。

それを聞いて女好きのクラスメイトはチェッと舌打ちをして、マーロンは腕を組んで頷いている。

戦争がある頃は、同じ学年の中に年齢が違う者がいることも多かったという。

年上の人との関わりは、学院生活にいい影響を与えてくれるだろう。

そんな風に鷹揚と構えていたヘルベルトだったが——。


「今日は転校生を紹介します」

ホームルームが開始し、先生の声に男子からも女子からもざわめきの声が聞こえてくる。

それを見てはしたないですよと叱ってから、担任のメリンダ女史は生徒の名前を呼ぶ。

「アリスさん、入ってきなさい」

ヘルベルトの頭に疑問符が浮かぶ。

転校生が予想外に女性であったことは別に構わないのだが。

なんだかつい先日、その名前を聞いたような……。

「――なっ!?」

そして入ってくる少女を見て、ヘルベルトの戸惑いは頂点に達した。

その少女は、つい先日屋敷に届いた姿絵とそっくりだった。

「皆様、ご機嫌麗しゅう。私、ゴーギャン帝国ヴァリスヘイム公爵が三女、アリス・ツゥ・ヴァリスヘイムです。王国に来たばかりですので色々と不慣れなところもあると思いますが、何卒《なにとぞ》よろしくお願い致します」

現れたのは、つややかな金の髪をツインテールにまとめ上げた美少女だった。

その瞳は今は雲に隠れて見えない青空のように澄んでいて、綺麗に整えられた眉はその意志の強さを示すかのようにキリリと凛々《りり》しい。

(アリス・ツゥ・ヴァリスヘイム……俺と見合いの予定を入れていた、ヴァリスヘイム公爵の娘か……)

王国と帝国では、実を言うと帝国の方が歴史は長い。

かつて帝国で動乱が起こった時に、なし崩し的に建国された国がリンドナー王国だからだ。

故に国の格としては、帝国は王国よりも一段上になる。

その格付けは貴族にも及んでおり、具体的な話をすると爵位の一つ低い帝国貴族と王国貴族が釣り合う形――つまり帝国男爵と王国子爵が、帝国侯爵と王国公爵がおよそ対等とされている。

つまり帝国公爵家の人間というのは、リンドナー王国で言うのなら王家を除けば誰もがへりくだって接さなければならぬような、極めて高い権威を持っているということになるのだ（ちなみにマキシムが見合いの話を断れなかったのも、そのあたりの両国貴族の間のしがらみに理由がある）。

「私、この学院の校則のことをとても素晴らしいと思っています。『学《まな》び舎《や》にいる間は何人も平等』……私は隣国の公爵家の人間ではございますが、どうぞ皆様堅苦しくせずに、気安く接していただけると嬉《うれ》しいです」

そう言ってにこりと笑うアリス。

人好きのする笑みを浮かべている彼女と、ヘルベルトの視線が合う。

その瞳の奥に隠れた恐ろしい何かを感じ取ったヘルベルトの喉の奥の方から、声にならない音が鳴る。

帝国の人間なだけのことはあり、彼女も見た目通りにただ美しいだけの少女ではなさそうだ。

「あと、事前にお伝えしておくのですが……私は現在、ヘルベルト様とのお見合いを予定しております」

「へあぁっ!?」

ネルの口から、聞いたことがないような声が出た。

彼女がくるりとこちらを振り向く。

恐る恐るネルの方を向くと、そこにはものすごい形相をしている鬼がいた。

「――なので私に声をかけたい殿方は、事前にヘルベルト様から了承を得てくださいね？」

ただネルはそんなことをしている場合ではないと思い急いで体勢を戻し、壇上にいるアリスを見合げた。

するとアリスは面白いものを見るような目で、ネルのことを見下ろす。

ネルとアリスの視線がバチバチと火花を散らし、その後ろで竜虎がまみえているのがヘルベルトのところからも見えていた。

ヘルベルトはなんだか胸が痛くなってきたと、現実から逃避するために横を向く。

彼の今後を暗示するように、空模様は相変わらずの曇天だった――。


アリスはちょうど空いていたということで、ヘルベルトの隣に座ることになった。

ふわりと香るのは、甘くどこか奥に芯のあるような香り。

帝国で人気と聞いたことがあるキンモクセイの香水だろうか。

「少しお父様に無理を言ってもらいまして、留学させてもらうことになりましたの。期間は一ヶ月しかないのですけれど……その間に、お互いのことを知ることができたらと思います」

「あ、ああ……」

押しが強いアリスを前につい言葉が引っ込んでしまったヘルベルトだったが、彼は眼前に見えるネルの背中を見て我に返る。

たとえ相手が自分より格上の貴族の娘で、今後の両国の間の問題になりうる可能性があろうとも、言うべきことはきちんと言わなければならない。

「アリス嬢」

「どうかアリスと呼んでください」

「アリス、俺には既に婚約者がいる。だから今回の見合いというのは――」

「知っています。でもネルさんとの婚約は一度、破棄される寸前までいったとか？　であれば私にも目はあると思っているのです」

帝国の情報を舐《な》めないでくださいな、とアリス。

たしかに傍《はた》から見ると、ヘルベルトとネルの関係性はそこまで上手《うま》くいっているようには見えないかもしれない。

別に二人はそこら中でベタベタとくっついているわけではないし、ネルのヘルベルトへの態度も人によっては冷たく見えることもあるだろう。

「だが、俺は――」

ヘルベルトはなおも言いつのろうとするが、アリスがグッと近付いてきたかと思うとヘルベルトの口を人差し指で塞ぐ。

一瞬の間の出来事で、対応が遅れる。

それにしても――速い。

ただの速歩ではなく、ぬるりと自然な動作だった。

間違いなく武術をたしなんだ歩法を体得している者の動きだ。

どうやらこの少女、ただのじゃじゃ馬なわけではないらしい。

「皆まで言わずともわかっております。ですがそれ以上言うのは殿方として野暮というもの……できればあなたに、私のことを見ていてほしいのです」

「ああ、わかった」

そこまで言われてしまえば、ヘルベルトとしてもそれ以上言えることはない。

アリスが着席すると先ほどまで置物のようになっていたメリンダ女史が動き出し、ホームルームが終わる。

休み時間に入ると、アリスはあっという間にクラスメイトに囲まれていた。

笑いながら話をするアリスを見ながらヘルベルトは思っていた。

果たして彼女はなぜ、そこまで自分に対して執心しているのだろう……と。


アリスは一瞬で男女とものクラスメイト達の話題をかっさらっていった。

「はい、そこはx＝3です」

「王国歴七百二十三年です」

「先生、そちらのスペルが間違っています」

彼女は見目麗しいだけではなく、頭も切れる。

才色兼備を地で行くアリスに女子は羨望の視線を向け、男子はわずかに頬を染める。

そのうちの幾人かがヘルベルトの方にきつい視線を向けていたのは、彼の勘違いだと信じたいところだ。

昼休みが始まると、アリスはあっという間にクラスメイト達の人の波に飲み込まれて見えなくなった。

少しだけホッとしながら教室の外へ出ると、既に出ていたマーロンの姿がある。

「おつかれさま」

「本当にな……」

二人でいつものように闘技場に出かける。

かつては秘密にしていた昼休みの模擬戦だったが、彼らが生徒会に入った時点で、大々的に公表されるようになった。

系統外魔法の使い手二人が休み時間を削ってまで練習をするというひたむきな事実の前に、文句をつける生徒はいなかった。

けれどそれだけではヘルベルト達も居心地が悪いだろうということで、今までイベントごとにしか使われていなかった闘技場が、新たに放課後や休日に申請をすれば使うことができるようになった（当然ながらその実務を取り仕切っているのも、生徒会である）。

ヘルベルト達が鍛錬しようと闘技場の中に入る。

彼らの邪魔をしないようにと、別段入場規制をしていたわけではないにもかかわらず、今までネルやイザベラを除いて人がやってきたことはない。

けれどそこには、先客の姿があった。

「ごきげんよう、ヘルベルト様」

ツインテールをゆらゆらとゆらしながら、アリスがやってきていたのだ。

ヘルベルト達が出てくる時はまだ教室の中にいたはずなのだが……一体どうやって。

落ち着き払っているように見えて、よく見ると胸が大きく上下していた。

どうやら先回りするために、走ってやってきたようだ。

「見学しても構いませんか？」

「それは……マーロン次第だな。どうだ？」

「俺は別に問題ないよ」

ということで昼休みの模擬戦は、アリスに見られながら行うことになった。

彼女は帝国の人間なので、あまり二人の情報を持ち帰られてもつまらない。

なので二人とも魔法は使わずに、全力を出すことにした。

未来の勇者と賢者である二人は、ロデオによる肉体作りを乗り越え、更にグラハムという実戦的な師を得たことで、その実力は既に同年代では太刀打ちのできないところまで向上している。

二人とも練習相手が誰も彼も強力な人間のためにいまいちピンとは来ていないが、今年二人のどちらかが『一騎打ち』に出たとしたら、間違いなく敵《かな》う者はいないだろう。

ヘルベルトが取り寄せたエルダートレントの木剣は、なかなかに質が良かった。

どれだけ叩《たた》き合っても傷がつかず、試しに思い切り振ってみてもほんの一瞬刀身がたわむ程度。

一息つくことができるまで戦い続けても、まだ大分余裕がありそうだった。

「ふぅ……」

「素晴らしいです、ヘルベルト様！」

気付けばアリスが、ヘルベルトのすぐ後ろにやってきていた。

彼女の手には何かが握られている。

よく見てみるとそれは、シロップに浸《つ》かっているレモンであった。

「帝国で古来より愛されている伝統デザートです。運動の合間に食べると身体《からだ》の調子がすこぶるよくなると評判なんですよ！」

「おお、そうか……」

食べてみると、たしかに素朴で優しい甘さがあった。

拭くものがなかったので手を練習着で拭こうとすると、アリスにギュッと手を握られる。

彼女が両手に持っているおしぼりで、しっかりと綺麗にさせられた。

それを見て彼女より少し離れたところで様子を観察していたケビンが悔しそうな顔をしている。

どうやら帝国の貴族令嬢ということで、手出しを控えているようだ。

「いくら殿方とは言え、限度がありますよ」

「そ、そうか、すまん……」

「大きな手、ですね……（ぼーっ）」

「どうかしたか？」

「い、いえ、なんでも！　なんでもございません！」

「そ、そうか……」

なぜか顔を赤くしていたアリスを見て首をかしげるヘルベルトだったが、どうやら体調が悪いわけではないらしい。

それならばと気を取り直して、再びマーロンと戦い始める。

時折チラチラと映るアリスのことは気になったが、何度も視界に入るうちにすぐに気にならなくなった。

木剣はかなり丈夫そうなので、これなら時空魔法を使っても保つかもしれない。

こうしてヘルベルト達は久しぶりに魔法を使うことなく、純粋な剣術だけで昼休みの模擬戦を終える。

たまにはこういう剣技を磨く時間があってもいいなと思うヘルベルトであった。

三限目は魔法の実習科目。そして狙い澄ましたかのように、その内容は魔法を使った模擬戦であった。

模擬戦で戦う相手は自分で決めてもいい。

ただし、あまりに実力が離れすぎている場合は教師による調整が入るようになっていた。

運動用の軍靴に履き替えているアリスが、ザッザッと固い足音を鳴らしながら歩き出す。

彼女が歩みを止めたの——ネルの前だった。

「ネルさん、もしよければ私と勝負しませんか？」

「……いいでしょう、受けて立ちます」

アリスの申し出を、なぜかネルが受ける。

それを見てハラハラするのはヘルベルトの方だ。

ネルはたしかに魔法の発動までの時間は短いし座学も優秀だが、実戦を経験したことがないため模擬戦ではどのような結果になるかが想像がつかない。

止めに行くべきかと迷い、腕を組みながらうんうんと唸《うな》っていると、ぽんぽんと肩を叩かれる。

振り返ってみればそこには、真面目な顔をしたイザベラの姿があった。

「安心しろヘルベルト。お前達には及ばないかもしれないがな、ネルだってこの一年……何もしてこなかったわけじゃないんだぞ？」

そう言ってウィンクをするイザベラに頷きを返し、ヘルベルトは二人の戦いの行く末を見守ることにするのだった。

（……ん？　あれは……）

ヘルベルトが闘技場の奥の方に見たのは、学院内に物資を運んでくれている馴染《なじ》みのツナギを着た運送業者の人間だった。

けれどその動きに、違和感がある。

なんというか……隙がなさ過ぎるのだ。

まるで武人のような体捌《たいさば》きに思わず目が行くヘルベルトだったが……。

「始まるぞ」

「……ああ」

この試合を見届けたら一度調査の必要がありそうだなと思いながらも、しっかりと意識を二人へと集中させるのだった――。


ネルは怒っていた。

自分という婚約者がいながら勝手にお見合いのセッティングをしたお互いの両親達に。

そして何より、アリスに強く言い出せないでいるヘルベルトに。

もちろんネルとて王国貴族として禄《ろく》を食《は》んでいる身、事情はある程度は飲み込める。

けれど理性と感情というのはまったくの別ものだ。

あんな女なんて蹴散らしてやる……と気合いを入れ直す。

「それでは用意……はじめっ！」

審判の合図の音と共に、ネルは即座に魔力を練って魔法を発動させる。

「ウィンドショット！」

初級風魔法、ウィンドショット。

風を圧縮して不可視の弾に変えて撃ち出す魔法だ。

とにかく視認しづらいため、見てから避けるのが難しい魔法の一つでもある。

当然ながらこの模擬戦では、あまり殺傷性の高い魔法の使用は許されていない。

なので使う魔法はある程度限られる。


「エアバレット！」

対しアリスも、初級風魔法であるエアバレットでそれに対抗した。

ウィンドショットと比べると威力で劣るが、その分数を多く放つことのできる魔法だ。

当然ながら勢いで勝るウィンドショットがアリス目掛けて飛んでいくが——彼女はそれを、ひらりと避けてみせる。

アリスは魔法を、不可視の魔法の弾道を見つけるために使ったのだ。

なかなかに実戦慣れしているのが、その動作を見れば一目でわかる。

（でもだからって……負けません！　ヘルベルトの正妻の座は——私のものです！）

戦っているせいで脳内が少しだけハイになっているネルだったが、それでも彼女の思考はクールそのもの。

今回は魔法戦の模擬戦である以上、以前ヘルベルトがしていたような模擬戦とは異なり一定以上の距離に近付くとそこで失格となる。

故に二人はおよそ二十歩分ほどの距離を離しながら、互いに魔法を撃ち合っていく。

土の槍《やり》が炎の壁によって防がれ、風の刃は土のドームによって霧散する。

戦いがヒートアップするにつれて使う魔法の威力もどんどんと上がっていくが、未《いま》だ両者ともに無傷のままであった。


「驚いたな……」

ネルとアリスが大量の魔法を息切れすることもなく使い続けている様子を、少し離れたところから見学しているヘルベルトが目を見開きながら見つめている。

魔法学院では学年四位の成績とはいえ、どちらかと言えばネルは実技よりも座学の方が成績が良かったはずだ。

けれど今のよどみない魔力の引き出し方と、流れるような魔法発動までのつなげ方。

そして俗に息継ぎなどとも呼ばれる、魔法と魔法のつなぎ目を上手く消す技術。

ネルの魔法を使った戦闘能力は、以前ヘルベルトが見た時と比べると格段に向上していた。

そしてそれ故に、相手をしているアリスの実力の高さもうかがい知ることができる。

既に試合が始まってから数分が経過しているはずだが、どちらも魔力切れを起こすどころか、ほとんど息を乱してすらいない。

これだけの実力があるのなら、有事の際にもしっかりと戦力として数えることができる。

固定砲台として運用できれば、かなりの数の敵を討ち果たすことができるだろう。

「私達魔法学院生の魔法の成績は、例年と比べるとずいぶんと優れているようだ。なんでも開校以来、もっとも優れた水準で推移しているらしい」

「そうなのですか」

「お前達がいるおかげだよ」

「俺達の……？」

ヘルベルトとマーロンという、同年代では頭一つ抜きん出た存在が、それでも現状に満足せずに研鑽《けんさん》を積み続けている。

二人に触発され、放課後の居残り練習や闘技場の申請、練兵場の貸し出しといったことが明らかに増えているのだという。

「ネルの熱の入りようなんかすごかったぞ。何せお前のことを最も近くで見続けてきた子だ、入れ込みようもひとしおだった」

「……知らなかったです」

「人に見えるように努力をするのは、あまり格好がつかないからな。頑張ってますと声高に主張するやつほど、案外そもそもの努力量が足りていないものだ」

ネルとアリスの戦いは激しさを増していた。

その激しさは審判を務めている教師が、完全に止めるのを忘れて見入ってしまうほどだ。

殺傷力の低い魔法をという最初のルールはどこへやら、今ではしっかりと集中してから互いに上級魔法まで放ち合っている。

幸運だったのは、二人の実力が非常に近しいものだったことだろうか。

お互いが全力で魔法を放てば必然的に同じ威力になることで、どちらかが大きな怪我《けが》を負うようなこともなく戦いが続いている。

「しかしネルとまともにやり合えるアリスの実力もなかなかのものだ……帝国の方が魔法技術に優れているという噂《うわさ》も、事実なのかもしれないいな」

魔法技術は長い年月をかけて連綿と受け継がれていく。

故に建国してからの期間が長い帝国の方が、王国より優れた魔法技術を持っているという。しかしヘルベルトの見立てでは、若干効率がいいくらいで、両国の魔法自体にそこまで大きな差異はないように見えていた。

アリスにしっかりと食らいつくことができているネルの姿を、しっかりと網膜に焼き付けておく。

ヘルベルトは後でネルの頭をよしよししてあげることにしようと心に決めた。

恐らくその前にお小言が入るだろうが、その事実は努めて無視することにする。

「はあっ、はあっ……やりますね」

「ネルさんこそ……まさか同年代に、私とやり合える人がいるとは……」

結果、模擬戦は引き分けに終わった。

両者の魔力が尽きるよりも先に、制限時間として設定されていた十分間が終わる方が早かったのだ。

戦いの後に、二人は握手を交わす。

二人とも額に汗を掻《か》きながら、お互いの健闘をたたえ見つめ合っている。

一枚の絵画に収めたくなるように、絵になる光景だった。

どうやら一度全力で戦ってわだかまりがとけたようで、二人はそのまま仲良く他の生徒達の観戦に移り始める。

ヘルベルトは自身も適当に模擬戦をこなしてから、同じく試合を終えたマーロンの方に近付いていく。

「——気付いたか？」

「ああ、出入り業者だろ？　なんだか少し荒事の匂いがしたな……追うか？」

マーロンはこう見えて野性的な勘に優れているところがある。

ヘルベルトと同じく、中へ入ってきた運送業者に違和感を覚えたようだ。

「単身で後を追う。マーロンはここで敵の迎撃を頼む。ついでに皆に話を通して、対処をしておいてくれ、ここなら最悪籠城もできるはずだ」

「……なるほど、たしかに学院に入ってくる敵の狙いは、ここにいる誰かの可能性が高いか」

「ああ、今王国として一番マズいのは、イザベラとアリスの身に何かが起こることだ。そして俺として一番マズいのは、ネルの身に何かあることだ」

「わかった、こっちは任せておいてくれ」

彼らがなんのためにやってきたのかはわからない。

しかし暴力の気配を漂わせた出入り業者がいるとなると、その目的は恐らく碌《ろく》なものではないだろう。

マーロンがいれば、誰かが怪我をすることがあっても彼の光魔法でどうとでもなるだろう。

ヘルベルトはあの運送業者達を追うために、急ぎ闘技場を後にするのだった——。

隠密《おんみつ》行動をする場合、あまり派手な時空魔法を使うことはできない。

アクセラレートを使っていると勢いまで三倍になってしまうため、足音がものすごく大きくなってしまうからだ。

（とりあえず……まだ目立った異変はなさそうだな）

ヘルベルトは現状を確認するため、屋上へと足を運んでいた。

搬入口の方を見ても、当然ながらそこに人の姿はない。

どこかに隠れている人影がないか、目を凝らして探し始める。

まずは相手の狙いを考える必要がある。

まず一番に考えられるのは、王女イザベラを狙いにきた敵国の人間という線だ。

次いでヘルベルトとマーロンを亡き者にしようとするどこかの勢力。

あとは……ネルのような有力貴族家の人間を誘拐しようとやってきた身代金目的の誰かといったくらいだろうか。

（アリスがやって来た当日の侵入となると、彼女が狙われている線もあるか）

だが何にせよ、それならば問題はない。

マーロンが一人いれば、闘技場に侵入者がやって来ようが問題なく撃退できるだろう。

彼が防衛を務めてくれるから、自分は積極的に動くことができる。

となるとヘルベルトが取るべき選択肢は一つ。

他の貴族家の令嬢令息達が誘拐されたりすることがないよう、侵入者共を積極的に倒していくことだ。

彼の手には、闘技場から持ってきたエルダートレントの木剣が握られている。

「ん、あれは……」

ヘルベルトは校舎近くの茂みにいくつかの影を発見した。

どうやら窓ガラス越しに、校舎の中を確認しているようだ。

一階から見えるのは三年生の教室だが、ヘルベルトが見ている限り避難は始まっていない。ということはどうやらこの学校は未だ、侵入者に気付いていないのだろう。

そのまま見渡すと似たような塊があと三つほど。

そしてそのうち一つは、まるで狙う場所がわかっているかのように闘技場へと向かっていた。

「よし——ふんっ！」

敵の場所がわかれば、問題の八割以上は解決したようなものだ。

あとは戦うだけでいい。

ヘルベルトは勢いよく助走をつけ、フェンスを飛び越えて屋上から飛び降りる。

しゃがみこみながら足下に木剣を置いたら、タイミングを見計らい……今ッ！

「ディレイ！」

足下の木剣にディレイをかけると、その速度が大きく落ちる。

そしてその木剣を足場にして、前に跳ねる。

ヘルベルトの加重を受け動きそうになる木剣にアクセラレートをかけてから手元へと引き戻しながら、無事に着地。

土埃《つちぼこり》が舞うが、身体のどこにも異常はない。

この高所からの飛び降り技術は、グラハムと一緒に研究したもののうちの一つだ。

これを習得する前には何度も骨を折ってリターンで戻したという苦い経験もあったが……今この時に動けることを思えば、頑張った甲斐《かい》もあるというもの。

幸いそこまで大きな音を立てなかったため、少し離れたところにいる謎の男達に、ヘルベルトの着地に気付いた様子はない。

先ほどは木の陰に隠れて見えていなかったが、彼らは既に運送業者の制服を着ていなかった。

彼らが着ているのは、奇妙な意匠が施されている黒のローブ。

(『アガレスク教団』……まさか学院にまで根を張っているのか？)

つい先日その情報を聞いたばかりのヘルベルトの脳裏に雑念がよぎるが、一旦それら全てを脇に置いておく。

戦いにおいてノイズは不要。

一度深呼吸をして落ち着いてからアクセラレートを使い、一気に接近した。

「シッ！」

「なんだ、いきなり……ぐあっ!?」

見敵必殺、とりあえず目に付いた男を殴る。

男達の数は合わせて五。

最初の一人を倒すのと同時、残る四人は大声を上げることもなく即座にヘルベルトの方に向き直った。

間違いなく全員が手練《てだ》れだ。

「こいつは……ヘルベルトだ、気を付けろ！」

(俺のことを知っている……まあだからと言って、することは変わらないがな！)

リーダー格らしき男がわずかに下がり、残る三人がヘルベルトを半包囲するような形で向かってくる。

ヘルベルトは即座にアクセラレートを発動。

左から順に頭、腹、そして脇へと攻撃を当てていく。

軽いジャブのつもりだったのだが……。

「あぐっ！」

「うがっ!?」

「なん――っ!?」

ヘルベルトの予想に反して、三人の男達はまともに防御することもできず、一撃を無防備な状態でモロに食らった。

三倍速のヘルベルトの動きに、まったくついてこられなかったのだ。

そのままうめき声を上げながら地面に倒れ込む。

それを見て後ろの男が息を呑むのがわかった。

「時空魔法使いのヘルベルト、そんな……仲間達が、一瞬で……」

「……この程度か」

たしかにそこらにいるようなチンピラと比べたら腕が立つだろうが、どちらにせよヘルベルトからすると五十歩百歩だ。

ロデオやグラハムのような歴戦の猛者相手に何度も戦ってきたヘルベルトからすれば、攻撃も防御も止まって見える。

実の人間を相手にした実戦は初めてだったので、実は結構緊張していたのだが……四人を一瞬のうちに倒すことができたおかげで、当初あったはずの身体のこわばりはなくなっていた。

「とりあえず……倒しておくか」

「ま、待って――あがあっ!?」

闘技場へ向かった者達を除いても、まだグループは三つある。

一つ一つにかまけている余裕はないので、さっさと倒してしまうことにした。

リーダーらしき男は他の四人と比べると少し強かったが、それでも一合も打ち合うことも許さずに一瞬で倒してみせるヘルベルト。

普段の鍛錬ではイマイチ実感が湧いていなかったが、どうやら今の自分は客観的に見てかなり強くなっているようだ。

とりあえず五人を床に転がし、急ぎ他の場所へと向かう。

「なっ、こいつ、どこから――っ!?」

「問答無用だ」

あまり時間をかけてもいられないので、さくさくっと倒してしまうことにした。

一つ目のグループを倒し、二つ目のグループも倒し、三つ目のグループの人間達も全員昏倒《こんとう》させる。

いちいち生死は確認している余裕もない。

とりあえず目に見える敵を倒したヘルベルトだったが、彼の胸に去来したのは違和感だった。

(いくらなんでも杜撰《ずさん》すぎる……わざわざ協力者を用意して学院に入ってくるような奴《やつ》らが、これほど後先考えずに先に侵入だけしにやってくることがあるのか?)

『アガレスク教団』が動いているということは、そこには魔人の関与があるはずだ。

であれば彼らが狙うようなもの。

重要な人物の誘拐以外に何か――。

「そうか――学院地下の、魔法書庫!」

人間と同様、魔人達にも信仰と呼ばれるものが存在している。

彼らが唯一慕っているのは、魔神と呼ばれる全ての魔人の生みの親とされている邪神である。

そして邪神からの寵愛《ちょうあい》を最も強く受けた魔人を、彼らは魔王として崇拝する。

魔王は現在、とある場所に封印されている。

手紙でその場所を知っているヘルベルトとマキシムを除いて、魔王が一体どこに封印されているかを知っている人物はいない。

故にその手がかりを探すために、魔人達が貴重な文献が多数保管されている学院の魔法書庫を探しに来たとすれば、このお粗末な印象の拭えない侵攻にもある程度納得ができる。

「ヘルベルト様、これは……？」

教室の近くで戦闘をしている様子に気付いてやってきたらしいティナがこちらにやってくる。

彼女は倒れている『アガレスク教団』の信徒達を見て、怪訝《けげん》そうな表情を浮かべていた。

彼女に事情を説明している時間はない。

急ぎ、本棟の地下にある魔法書庫へ向かわなければならない。

「詳しい事情は後だ。今から地下の魔法書庫に向かう。ついてきてくれ」

「――はっ！」

こうしてヘルベルトはティナと合流し、校舎の中へと入っていくのだった――。

「あれは……」

地下へ向かう階段は、本棟の北側に存在している。

本来であれば魔道具を使って厳重にプロテクトされているはずなのだが、その防衛が今にも破られようとしている。

「ちいっ、なかなか壊れんな……」

「まあそうカリカリするな、ここまで来ればあと一息さ」

張り出されている結界を壊しているのは、明らかに手練れの魔法使いが率いるグループだった。

今回もまたグループで、人数は合わせて五人。

ローブで顔を隠しているため、詳しい内訳はわからない。

魔法使いだがどうやら接近戦もできるらしく、先ほどから周囲に気を配る動作にはまったく隙がない。

今回は先ほどのように、奇襲で全ての片を付けるのは難しそうだ。

だがそれでもやることは変わらない。

(相手が誰であろうと——とにかく倒すだけだ!)

ヘルベルトは自らの身体にアクセラレートをかけ、一気に接近。

ドドドドドという大きな足音に、敵がすぐにこちらの存在に気付く。

杖《つえ》を持った一人が引き続き結界の破壊を続行し、残る四人がヘルベルト達の方を向く。

全員が腰に提げていた短剣を取り出し、ヘルベルトへ構えを取った。

「――シッ！」

「っと、なんだこの馬鹿力は――っ!?」

今度も一撃で終わらせるつもりだったのだが……流石《さすが》に本丸である魔法書庫を狙いに来た奴らは他よりも強いらしい。

敵のうちの一人は攻撃を食らいのけぞりながらも、しっかりとヘルベルトの攻撃を受けきってみせた。

ヘルベルトが一撃を放った隙に、残る三人が殺到してくる。

けれどその動きは、彼にとってはスローモーションも同然。

攻撃を見ながらしっかりと捌き、その隙の間に攻撃を差し込んでいく。

「がっ!?」

「ぐおっ!?」

「あがあっ!?」

三人を瞬時に片付けていく。

彼らも一撃で仕留めることはできなかったが、ヘルベルトは一度チラリと後ろを見てから、前に出て吹っ飛んでいった一人と、更にその奥で結界の破壊を狙っている男へと向かっていく。

「――隙ありっ！」

利き手に攻撃をもらった男が、残る左手で三人の間を抜けていこうとするヘルベルトへと攻撃を放つ。

その攻撃は高速で動くヘルベルトをしっかりと捉えていたが――ヘルベルトの動きが急激にスローになったことで、攻撃は空中を切り裂く。

そのまま残る二人の攻撃も、空を切った。

一度アクセラレートを切ったヘルベルトは彼らの体勢が崩れたのを見て再度前進、再びアクセラレートを使い高速で動き出す。

彼は脇目も振らず、受け身を取って立ち上がろうとする奥の一人へと向かっていく。

ヘルベルトを目で追いかけることで、三人の視線が彼に固定される。

けれどそれもまた、二人の狙い通りだった。

「隙ありです」

ティナが無防備になった三人を、後ろから強撃する。

まともに防御を取ることもできず首筋にいいのをもらった三人は、そのまま地面に倒れ込み意識を失った。

それを見届けることなく、ヘルベルトが再度の攻撃で吹っ飛ばした一人を昏倒させる。

そこで――パリンッ！

ガラスが割れたような音が鳴り、結界が割れる。

「できたぞ！」

それを見て残る最後の一人がにやりと笑い……そのままその笑みのまま固まった。

「残念だったな」

そこには迫りながら剣を振りかぶるヘルベルトの姿があり――魔法使いはそのまま頭部に強い衝撃を受け、意識を失うのだった――。


「とりあえずなんとかなったか……」

ヘルベルトは木剣についた血を払いながら、倒れた『アガレスク教団』の団員達を見つめる。

ティナはどこからか取り出したらしいロープを使い彼らの手足を縛り、そのまま口に詰め物をして自殺をできないようにしてから服の中をくまなく探っていく。

そのあまりの手慣れた様子は、ちょっと引いてしまうくらいに滑らかだった。

「ち、違います！　騎士の修練の中には捕縛用のものも多くありますので！」

しどろもどろになりながら弁明を試みるティナを見てちょっとほっこりしてから、ヘルベルトはそのままティナに倒れている残りのグループ達の捕縛を命じた。

「それは構いませんが……ヘルベルト様は、どちらへ？」

「決まっている——クラスメイトを、助けに行くのさ」

ヘルベルトが闘技場へ向かうと、そこには未だ『アガレスク教団』の団員達の姿が見えた。魔法書庫の侵入を第一目的とすればこちらも第二目的ぐらいではあったのか、二つのグループの人間が壁際で皆を防衛しているマーロンを囲うように布陣している。

何人かの団員が倒れているのがわかったが、残る者達は距離を取っているため倒しきることはできていないようだ。

どうやらマーロンはリスクを冒して敵を倒すのではなく、完全に皆を守りきって時間を稼ぐ方向にシフトしているらしい。

彼の後ろでヒヤヒヤしている生徒達を囲うように、光魔法による結界が展開されている。

ヘルベルトが駆け寄っている間にファイアアローを始めとしていくつもの魔法が飛んでいくが、それを食らっても結界はびくともしていない。

そして接近しようとした者はマーロンの攻撃を食らいまた一人倒れ、改めて両者は距離を取って膠着《こうちゃく》状態を保ち始める。

ネルが無事かと確認すると……いた。

結界によって全員を守るために攻撃はできていないらしいが、いつ結界が破られても構わないように魔法発動の準備を終えているネルの姿が見える。

その近くにはイザベラとアリスの姿も見える。

イザベラはネルと同じく臨戦態勢を整えていたが、アリスの方は二人とは少しばかり様子が違う。

魔法発動の準備を終えているのは変わらないのだが……彼女の身体は傍から見ても明らかにわかるほどに、ブルブルと震えていた。

よく見れば他の生徒達も、多かれ少なかれ似たようなものだ。

ネルとイザベラの覚悟が決まりすぎているだけなのかもしれない。

「なんにせよ――待たせたなっ！」

ヘルベルトが木剣を振り、一人目の男を昏倒させる。

壁際に後退しているマーロン達を半円状に包囲していた団員達が、ヘルベルトの襲撃に気付く。

だがここにいる人間は、魔法書庫を襲撃していた者達と比べれば練度から連携から何から何までお粗末だった。

「ぐああっ!?」

そこから先は、ヘルベルトの独壇場だ。

彼の木剣の一振りで男達が倒れ、動ける団員の数が一人また一人と減っていく。

その度に光の結界の内側から、歓声が上がった。

なんだか見世物になっているような気がしないでもないが、自分の方に向けられるキラキラとした眼差《まなざ》しを見ると、まあ悪くはないかなと思い直す。

やはりリーダー格の男は他の者達と比べるとわずかに強かったが、ヘルベルトからするとそれも誤差の範囲内。

問題なく全員を打ち倒し、下手なことをしでかされないよう腕と足を強《したた》かに打ち付けておく。

先ほどの急いでいた時とは違い今は時間があるので、もう少し手を加えておくことにした。

「アースバインド」

ヘルベルトは彼らを土の蔦《つた》を使い雁字《がんじ》搦《がら》めにしてから振り返る。

結界を解除しホッと息を吐いているマーロンの方へと歩いていく。

どうやら強度の高い結界を維持するのはなかなかに神経をすり減らすらしく、明らかに疲れている様子である。

「思ってたより早く来てくれて助かったよ」

「こちらこそ、ネル達を守ってくれてありがとう」

二人が握手を交わすと、先ほどまでよりも大きな歓声が上がる。

するとドダダダッと後ろの方からすごい勢いで足音がやってきた。

すわ新手かと身構えるヘルベルトだったが、目の前にいるマーロンのしょうがないなという顔を見て警戒を解く。

首を横に向けると、そこにはこちらに近付いてくるネルとアリスの姿があった。

「ヘルベルト、ありがと」

「ヘルベルト様……やっぱりあなたはまた、私のことを助けてくれるのですね！」

ネルとアリスが両脇をがっちりと固めてくる。

二人は一瞬だけ視線を交わし合うが、どうやら先ほどの仲直りが効いているからか、喧嘩《けんか》になるようなことはなかった。

両手に花な状態だが、ヘルベルトとしてはなんだか落ち着かない。

（また……？）

なんにせよこうして一件落着となり。

学院の襲撃事件はヘルベルト達の奮闘によって、奇跡的に一人も被害者を出さずに鎮圧することができたのだった――。

第三章　変わる未来と変わらない過去……………………episode 3

襲撃があった当日、ヘルベルトは鍛錬をすることなく、一人思考に没頭することにした。

元から今日はとある理由から空きにしてあった。

付け加えるなら実戦で疲れてもいるしそれに……今回ばかりは考えなければならないこともある。

ヘルベルトは自室で手紙を見ながら、思考を巡らせていた。

校舎中を走り回り時空魔法をかなり使ったせいで疲れが残っているが、彼らがやってくるまでは起きていなければならない。

(今回の一件……どう考えるべきか)

今回の襲撃事件は、ヘルベルトが改めて手紙の内容について考える良い機会だった。

なにせ今回の一件は――そもそも手紙に記されていなかったからだ。

手紙に記されているイベントはいくつもあったが、その中には学院襲撃と比べて明らかに重要度の低いようなものも含まれていた。

辺境に飛ばされていたせいでスピネルの事情には疎かったらしい未来のヘルベルトだが、流石《さすが》に学院が襲撃されたのなら、知ることはできたはずだ。

(となると今回の一件は――本来であれば起こらなかった事態ということになる)

本来の、というよりヘルベルトへ手紙を書いた未来の頃とは起こるべきイベントが変わりつつある……と考えるのが妥当だろう。

その原因として考えられるのは、本来の歴史を知って未来を変えた自身しか考えられない。

ヘルベルトが在校し続けたこと、また上層部に働きかけてマーロンを光魔法に開花させたこと。

そして『覇究祭』で二人の存在を公にしたこと。

これらが原因となり……本来であれば起こらないはずの学院の襲撃が発生した。

マーロンが新たな『光の救世主』となることを警戒したのか、ヘルベルトが魔王を封印した賢者と同じ力を使って魔王を滅ぼすと考えたのかはわからない。

けれど魔人は以前と比べて、より積極的に動くようになった……そう考えた方が自然なように思える。

(魔王の復活が前倒しになると非常にマズいな……)

魔王は現状、封印がなされている。

けれどあくまでも封印であることからもわかるように、倒すことができているわけではないのだ。

魔王の封印は――解けるのだ。

手紙の暦通りであれば、今から約十五年後に。

その魔王は恐ろしいことに、二十年後に王国第二の賢者として八面六臂《はちめんろっぴ》の活躍をしたヘルベルトですら、ギリギリのところで再封印するだけで精一杯だったという。

過去に手紙を送ることができるほどの化け物になった未来のヘルベルトですら倒すことができないのだ。

もし今相対することになれば、何もすることができぬまま一方的にやられてしまうに違いない。

魔王の封印を解かれることだけは、なんとしても阻止しなければならない。

魔王の封印を解く鍵は二つある。

魔王の居場所と、『邪神の欠片《かけら》』だ。

これの説明をするには、かつての神話についての話をしなければならない。

この世界を作った神は、かつては一人だった。

けれど寿命を迎え、聖神と邪神に分かれたのだという。

七日七晩の戦いの後、聖神は見事邪神を打ち倒してみせた。

けれど邪神を殺しきることができなかった聖神は、邪神をいくつかの欠片にして各地へ散らばらせることで、その神性を押さえつけることに成功したのだという。

その『邪神の欠片』のうちのほとんどは神が住まうという天界にあるとされているが、そのうちのいくつかはこの地上にある。

『邪神の欠片』を魔人達《たち》が邪神を祀《まつ》る祭壇に捧《ささ》げてしまうと、邪神の神性のうちの一部が復活し、魔王の復活が早まることになる。

また魔王を封印している場所へたどり着かれてもマズい。

賢者マリリンの時空魔法による封印が簡単に破られるとは思えないが、なんらかの方法で封印を弱めるくらいのことならばされてもおかしくはないらしい。

（将来的には魔王を倒すことができるのが一番いい……そしてそのためのメンバーは、揃《そろ》っている）

これはあくまで将来的な話であり、誰にも打ち明けたことはないのだが。

ヘルベルトは未来の自分ではできなかった魔王の討伐を、成し遂げるつもりでいる。

マリリンも未来のヘルベルトも、たった一人で魔王に立ち向かった。

けれど今のヘルベルトは、一人ではない。

未来の勇者であるマーロンがいる。

本来であればいないはずの『重界卿《きょう》』グラハムもいる。

ティナがいる、パリスがいる、ズーグがいる。

皆で力を合わせれば、決して不可能ではないと考えているのだ。

ちなみにその根拠は、手紙のとある一節にある。

それをそのまま引用すると、

『これは万に一つ……いや、億が一つくらいのごくごく小さな確率だが。もし仮に俺とマーロンが共同戦線を張ることができていたのなら、もしかすると魔王を倒すことができた……かもしれない』

ということになる。

つまり魔王はとてつもなく強いだけで、絶対に倒すことができない存在ではないのだ。

現に未来のヘルベルトも、再封印には成功しているのだから。

（しかし……未来の俺は、どうしてこんなにマーロンのことが嫌いなんだろうか？）

マーロンは真面目すぎて少し潔癖なきらいがあるが、決して悪いやつではない。

どうして未来の自分がそこまでマーロンのことを悪《あ》し様《ざま》に言うのかは、自身の理解の及ばないところだった。

話を戻そう。

とにかくヘルベルト達が力をつけるまでは、魔王の復活はなんとしても阻止しなければいけない。

ヘルベルトは魔王の封印された場所までは知っているが、『邪神の欠片』のある場所はわかっていない。未来のヘルベルトも、決して全てを知っているわけではないのだ。

故に現在、彼は根を使って『邪神の欠片』の捜索を進めてもらっていた。

なおこれはマキシムも既に王に上奏しているため、現在王国全体が国を挙げて捜索に取り組んでいる。

魔王の封印された場所は知っているわけだが……そこへ向かい警備を強化するというのも悪手だと考えている。

魔王の封印をなんとかできるような強力な魔人がやってきたとするのなら、たとえ王国のエリート騎士といえどまともに戦えはしないだろう。

それならば恐らく今より十年近くはあるはずの、見つかるまでのインターバル。

この時間を使って、魔王を倒せるほどにヘルベルト達が強くなった方が近道のような気がしているのだ。

「つまりは何もせず自らを鍛えるしかない、ということになるな」

結論を出すと、タイミングを合わせたようにコンコンというノックの音が鳴る。

許可をすると中に二人の魔人――パリスとズーグが入ってきた。

「ヘルベルト様、報告を」

「ああ」

以前と異なりしっかりとした敬語を使うようになったパリス。

その顔立ちは以前と比べると、少しだけ明るくなったように思える。

暗部である根にいるのに明るくなるというのはどうにもおかしなことに思えるが、つまりはそれだけ今までの環境が劣悪だったということだろう。

パリスが現在追っているのは、『アガレスク教団』の深い部分に根ざしていると考えられる魔人の存在だ。

彼には今も人間の居住地域でひっそりと暮らしている魔人のパイプを使いながら、情報を集めてもらっている。

「どうやら『アガレスク教団』のトップである魔人はバギラスという男で間違いないようです」

「ほう……ようやく正体がわかったのか」

バギラスというのは魔人の中では有名人らしい。

魔人は魔物の特徴の一部を持っている。

件《くだん》のバギラスという魔人は翼とするどい鉤爪《かぎづめ》を持ち、自在に空を飛び回ることができるという。

「恐らくはドラゴンの特徴を持つ魔人と考えられるかと」

「ドラゴンか……厄介だな」

魔人としての強さは、その元になっている魔物の強さに比例することがほとんどだ（骨人族にもかかわらずあれだけの強さを持つズーグは、正しく例外中の例外と言える）。

それを考えると『空の覇者』とも呼ばれるドラゴンの魔人は、恐らく相当な強敵になることだろう。

「やはり自在に空を飛んだり、空からドラゴン固有の魔力攻撃——ブレスを吐いたりしてくるのか？」

「正しく。なので対空戦力がないと、まともに戦うことも難しいということです」

ドラゴンについては、ヘルベルトもよく知っている。

毎年、どこからともなく公爵領に現れては悪さをしていくドラゴンは、騎士団にとっては悩みの種なのだ。

ドラゴンの最も厄介なところは、やはり空を飛ぶことができるところだ。

空を飛んでいる状態で一方的に強力な魔力攻撃であるブレスを吐かれては、こちらとしてはたまったものではない。

以前とある上級貴族は、その凶悪なコンボを食らって騎士団をまるごと一つ溶かしたらしい。

その尻拭いのために奔走することになったと、マキシムが酒を飲みながら愚痴をこぼしていたのを聞いたことがある。

もし相手がドラゴンの魔人だとするのなら、ヘルベルト達も戦い方を考えなくてはならない。

ただ今回は界面魔法を使い距離を無視して攻撃を叩《たた》き込むことができるグラハムと、彼と共に魔法開発を行い同じく距離を無視した攻撃を放てるようになったヘルベルトがいる。

相手の意表を突いて一撃を与えることならばできそうだ。

もっともドラゴンの一番厄介なところは、怪我《けが》をすれば空を飛んでどこかへ消えてしまうことである。

魔人バギラスに逃げられないよう、対策を取っておく必要があるのは間違いない。

「えっと、それでは次は僕の方から報告をさせていただきます」

パリスの報告が終わると、次は部屋の中に入りローブを脱いだズーグが前に出る。

スケルトンに似た骨だけの顔を覗《のぞ》かせながら彼が報告するのは、大樹海にいる各魔人の集落ごとの動向だ。

根で教育を受けしっかりと情報の取り扱い方を理解しているパリスは必要な情報だけを端的に伝えていたが、そんな彼とは違いズーグの報告は非常にとっちらかっていた。

あっちへ行ったりこっちへ行ったり……けれど聞いていて面白いような話ばかりなので、意外にも聞いていて退屈することがなく、楽しんで話を聞くことができる。

報告としてはどうなんだと思わなくもないが、これもまたズーグらしいと言えばらしいのだろう。

「それで僕が狼牙族《ろうが》の集落で鉄線デスマッチをして勝ったおかげで聞けた話なんですけど……」

武勇を尊ぶ狼《おおかみ》の魔人、狼牙族。彼らが暮らす集落では強い者同士が一対一で尖《とが》った鋼糸の張り巡らされたリングの上で戦うのだという。

ズーグは純粋な力量で勝てないことを即座に悟り、皮膚がないおかげで痛覚が鈍いという利点を利用してジャーマンスープレックスを決め、無事勝利を収めたようだ。

「どうやら魔人達が集まって、王都スピネルへの襲撃計画を立てているそうです」

「いきなり穏やかじゃないな……」

誰と何をしているんだと突っ込みたくなるヘルベルトだったが、出てくる情報がしっかりと価値のあるものだったので何も言うことができない。

どうやら魔人達に声をかけて回り、人間達の襲撃を企てている謎の魔人がいるらしい。

人間に対して悪感情を持っている者の中には、実際にその魔人についていった者達もいるという。

ローブを被《かぶ》っていて詳しい相貌まではわからなかったが、話を聞いただけでもバギラスと別人だということはわかる。

（となると完全に別口か？）

だが同時多発的に、ここまで沢山の不安材料が王都で噴出することがあるだろうか？

学院の襲撃と、『アガレスク教団』の伸張、そして魔人達の徴集……ヘルベルトにはこの一連の出来事が、裏で一つにつながっているようにしか思えなかった。

（魔王が封印されているのは王都ではない。と、なると……魔人の中の誰かが、王都に『邪神の欠片』を見つけたと考えるのが妥当か？）

だとすれば根に集めてもらう情報を王都に関するものに絞ってもらった方がいいだろう。

怪しい者達の出入りのある場所と『邪神の欠片』に関する情報を重点的に洗ってもらえれば、ある程度目星をつけることはできるはずだ。

何せ魔人というのは、人間社会に溶け込むのがとても苦手だ。

人間に隔意を抱く魔人であるなら、ボロとはいかないまでもなんらかの手がかりを遺《のこ》していてもおかしくない。

「なんにせよ……情報の集め先は絞るべきだな。パリスの方は根に連絡を頼む」

「はっ！」

「それからズーグの方は……そうだな、何か食べたいものでもあるか？」

「でしたら王都の肉料理をお願いします！」

ズーグはこんななりをしているが、実は結構肉が好きだ。

骨人族は物を食べても顎からそのまま地面に落ちてしまいそうなものだが、そこは魔人の不思議パワーとでも言うべき何かで、食べたものはそのまま身体《からだ》で消化することができる。ちなみに外から見ても食べたものは見えないため、スプラッターな状況を目にすることもない。

とりあえずヘルベルトは情報収集を命じ、コックに調理を命じてから一息つくのであった――。


「ヘルベルト、あなたはアリスさんの世話係を務めるように。見合い相手であるあなたが適任でしょう」

担任にそう言われては断ることもできず、ヘルベルトはアリスの世話係をすることになった。

世話係などと大層な名前はついているが、別に実際にお世話をしなければいけないわけではない。

学院には使用人を連れてくることは認められているし、実際ヘルベルトもケビンを呼んでいる。

要は学院での面倒を見てやれと言う、担任の粋な計らいなのだろう。

……それがまったくの余計なお世話なわけだが。


ただ実際、アリスはほとんど手間のかからない女の子だった。

一度教えれば教室の位置も完璧に把握できるくらいに記憶力も良いし、コミュニケーション能力もヘルベルトよりよほど高い。

まだ学院に来て半月ほどのはずなのだが、既に彼女は学院内でたしかな存在感を放っていた。

「ヘルベルト様、放課後何か予定はございますか？」

「いや、軽くパトロールをしようかと考えていたくらいだな」

魔人関係のゴタゴタに気を揉《も》んでいるヘルベルトだが、その様子を他の人間に見せることはない。

『男が弱音を吐いていいのは、好きな女の胸の中だけだ』

マキシムのこの言葉に感銘を受け、実行しているからである。

ヘルベルトは表向きは以前と変わらぬ学院生活を送っていた。

「もしよろしければ、王都を案内してくださいませんか？　お屋敷と学院との往復ばかりではどうにも退屈で……」

「ああ、たしかにな」

ヘルベルトとしてもアリスの気持ちはよくわかった。

馬車を使って目的地へ向かうだけの生活は、なんだか味気なく感じるものだ。

脳内に凄《すご》みのある笑みを浮かべているネルの姿が浮かんでくるが、それを振り払いヘルベルトはアリスと一緒に学院を後にするのだった。

「ヘルベルト様、あの喫茶店には入ったことはありますか？」

「ああ、遠い異国の蒸し菓子が食えるぞ。その分値段は張るが、一度食べてみる価値はある」

「それなら一度、寄ってみてもいいですか？」

「問題ない」

ヘルベルトはアリスとの距離感を、いまいち摑《つか》みかねていた。

アリスがなぜここまでヘルベルトに好意的なのかがわからず、戸惑っているという言い方が正しいかもしれない。

彼女に言われるがまま中に入り、気になったものを注文する。

直《じか》に輸入をしているというだけあり値段は軽く金貨一枚を超えており、庶民であれば目が飛び出るような値段設定だが、二人に気にした様子はない。

ヘルベルトもアリスも、いいものにはお金を惜しまない質なのだ。


「お……おいふぃぃいれふぅ……」

異国の蒸し菓子である饅頭《まんじゅう》を食べたアリスが頰を緩ませ、それを恥ずかしがるかのように頰に手のひらを当てる。

ヘルベルトも一口含んでみる。

すると強烈な甘さが、舌をビリビリと刺激した。

豆であるアズキというものを大量の砂糖で煮詰めた餡《あん》がとてつもない甘さをしている。

砂糖の暴力的な甘さを外のもっちりとした生地が中和して、不思議とそこまでのくどさを感じさせない。

少なくともこの料理ができたという異国の島国は、リンドナー王国とはまったく異なる文化的な土壌を持っているのだろう。

一口食べただけでそれがわかってしまうほどに、強いインパクトを残す味だ。

アリスの方も「こんな味は帝国にもありません！」と太鼓判を押している。

ヘルベルトはかつて一度だけ帝国に行ったことがある。

隣国を知っておく良い機会だと、幼少のみぎりにマキシムに連れられたのだ。

けれど何分幼かったこともあり、当時の記憶はあまり残っていない。

「帝国はどんな国なんだ？」

「どんな国、ですか？　そうですね……少なくともリンドナーと比べたら、雑多でごちゃごちゃとしている国だと思います」

帝国は王国と違い、徹底した実力主義を取っているという。

そのため能力に不足があれば大貴族であっても取り潰されることもさほど珍しくはないし、それとは逆に勲功の大きい平民が伯爵になるようなこともある。

リンドナーと違い、貴族位がかなり流動的なようだ。

大貴族であることを笠《かさ》に着て色々と無理を通せた経験もあるヘルベルトからすると、まったく想像のつかない話だった。

「突然見知らぬ国にやってきて色々と大変だと思うが……何か問題は起こっていないか？」

「ええ、遠く離れた異国の地というわけでもないですし……やっぱり言葉が問題なく通じるのも大きいですね」

聞くことはどうしてもありきたりなものばかりになってしまう。

王国の話、帝国の話。留学はどうか、学院はどうか、両親はどんな人なのか。

けれどそういったことを一つ一つ積み重ねていけば、おおまかにどんな人間かわかるようになってくる。

ヘルベルトから見たアリスは、正しく努力の人だった。

常に帝国貴族たるべしとして厳しい教育を受け、周囲からの期待に応えるために自分に求められているものの１２０パーセントを出し続ける。

聞けば彼女は帝国では、ほとんど外に出たことすらないようだ。

かなり箱入りのお嬢様なようで、そうなればなるほど、先ほどまんじゅうを食べてあそこまで驚いていたのにも納得がいく。

「少し前まで怠惰にしていた俺とは雲泥の差だな。なんだか恥ずかしくなってきたぞ」

「そんなことはありません！　ヘルベルト様の前では私など……」

ヘルベルトがジッと見つめると、アリスは気恥ずかしそうに視線を逸《そ》らす。

頬が赤く染まり、金色の髪は陽光を浴びて白銀のように輝いた。

今日で色々な話ができたが、それでもヘルベルトは彼女のことを何も知らない。

だがそれも当然のことだ。

何せヘルベルトの方が、一歩引いたところでしか動いてこなかったのだから。

今こそが聞いてみるタイミングなのではなかろうかと思ったヘルベルトは、自分から一歩踏み出してみることにした。

「アリス、一つ聞いてもいいか？　君はなぜ俺のことを……」

「やっぱり……覚えていらっしゃらないのですね」

少しだけ寂しそうな顔をしながら、ヘルベルトの方に向き直る。

無理もないですね……と言いながら浮かべるのは、今までクラスメイト達に見せていたものと比べると、ずいぶんとぎこちない笑み。

もしかするとこちらが、彼女の素なのかもしれない。

「私は以前、ヘルベルト様とお会いしたことがあるのです。もっともその時は、帝国貴族とは名乗っていませんでしたけれど……」

「……すまないが、やはり覚えがないな」

必死になって思い出そうとするが、アリスに似た少女と出会った記憶はない。

その言葉を聞いても気を悪くした様子はなく、むしろそれも当然という感じでアリスが語り出す。

ヘルベルトと彼女が邂逅《かいこう》した、かつての王都での一幕を――。


アリス・ツゥ・ヴァリスヘイム――ヴァリスヘイム公爵家の三女である彼女は幼少期、今では考えられないほどにおてんばな子供だった。

三女というのは簡単に言えば婚姻政策のための道具だ。

自分の好きな人間と結ばれるなどということはまず考えられず、基本的には父に言われた人間と、父に言われたタイミングで結婚することだけが求められる。

アリスはそんな風に与えられた自分の役目が、嫌でたまらなかった。

けれどそこから抜け出すことはなかなかに難しい。

何か自分にできる方法で、自分の運命を克服する術《すべ》はないか――。

幼い故にそこまで真剣に考えていたわけではないのだが、当時のアリスにはこのままではダメだという切迫感だけがあった。

それ故彼女は何かに突き動かされるように、行動をし続けた。

そのうちの一つが、隣国であるリンドナー王国への旅行である。

「うわあ、きれー……」

馬車の中から見える景色は、見たことがないほどに綺麗《きれい》なものだった。

濁っていない水を勢いよく噴き出す噴水に、どこからか聞こえてくる鐘の音。

下水上水がしっかりと分けられているためか匂いも少なく、道ばたに糞《ふん》が落ちているようなこともない。

異国情緒とはこういうことを言うのだろうかと、幼いアリスは景色に魅せられ、窓ガラスに張り付いてしまっていた。

彼女は帝国の公爵家という立場の人間だ。

王国の貴族家に嫁ぐようなことはまずないだろうが、その立場を捨てて新たな生計を立てていくのなら、リンドナー王国という選択肢もなかなか悪くない選択であるように思える。

リンドナー王国の王都スピネルは、風光明媚《ふうこうめいび》な都だった。

帝国の帝都ゴッドバルトは良くも悪くも活気に満ちあふれている。

都会にやってきて冒険者として一旗揚げようとする若者や、歌劇団のプリマドンナを目指してやってきた若い女の子。いかがわしい店や怪しい薬に犯罪組織、そしてほのかというほどに隠れていない暴力の香り。

人が集まることで活発に経済が動き、それを呼び水にして更に人が集まる。

雑多で、統一性もなく、それ故にただただ市場原理に突き動かされる。

そんな帝都と比べるとこのスピネルは活気という点では劣るかもしれない。

けれどその分だけ、調和と美しさがあった。

雑然としているわけではなく、全体的なバランスがいいのだ。

住んでいくのならこちらの方がずっと良い街だろう。

そんな風に思っていたアリスは、そのまま王都観光を楽しんだ。

そして王都を見て回りながら並行して調べ物もしていく。

見て回ると、物価も帝都より安かった。

いっそのことこのまま王国で暮らせたらと思い提案してみたが、当然ながらそんなことが許されるわけもなく、即座に却下されてしまった。

それならばと、彼女はお付きの執事やメイド達の目を盗んで王都を回ることにした。

人の目というものにまだ慣れていなかった彼女は、一人で王都を満喫したかったのだ。

そして彼女はそこで、運命の出会いをすることになる――。


「はあ～ぁ、もう終わっちゃうのかぁ」

何事にも始まりがあれば終わりがある。

本来の日程も終わり、少しだけ滞在の延長を許してもらえたのはいいが、その期限もそろそろ近付いてきている。

そのことを思うと憂鬱で、気が滅入《めい》ってしまう。

落ち込みそうになる気分を上げるために、足下にあった石ころを蹴飛ばした。

するとなんとなく楽しくなってきて、如何《いか》に石ころをなくさないように蹴り続けるかという思考が頭の中を埋め尽くすようになる。

——アリスは王国に来てからというもの、毎日のように人目を盗んで抜け出し、一人で街を練り歩いていた。

もっとも子供のやることなのでそこまで手が込んでいるわけではない。

メイド達も皆、わかっていて見逃してあげていたのだ。

帝国というものを知っており、今後の自由のなさを理解しているからこそ、まだ身軽でいることができる今くらいは、アリスの好きなようにさせてあげようと皆が思っていたのである。

ただ流石にそのままの格好では目立ちすぎるということで、アリスは街の人間が着ているような一般的な麻布の服に着替えさせられていた。

もっとも服だけ変えたとしても、これでも彼女の高貴さは完全に隠しきれはしない。

まったく焼けていない肌に、傷一つない腕、そして柔らかく力仕事をしたことのない手のひら。

アリスという少女は、後ろ暗い連中からしてみれば絶好の餌でしかなかったのだ。

ただそれでも容易に手出しをすることはできない。表通りでは人の目があるし、何より街を練り歩く衛兵はエリート揃《ぞろ》いだ。

故に男達は機会を窺《うかが》い続けていたのだが……そんなことが幼いアリスにわかるわけもない。

「あれ……ここ、どこだろ？」

目の前にある石ころを蹴飛ばしていくうちに、まったく見知らぬ裏路地に入り込んでしまった。

スピネルは治安はいいけれど、それでも裏手に行ってしまえば監視の目を逃れた悪者も多い。

だからそちらには行かないようにという世間話を、メイド達はアリスに聞こえるくらいの大音量でしてくれていたのだが……目の前の石ころの摩訶不思議《まかふしぎ》な動きの前では、その忠告は役に立たなかったらしい。

「戻らなくちゃ……」

少し先に見えている石は名残惜しかったけれど、それよりもメイド達がしてくれた忠告の方が大切だ。

そう思ったアリスは急いで踵《きびす》を返して大通りへ向かおうと小走りで駆け始める。

けれど彼女が再び日差しの差し込む目抜き通りへとたどり着くよりも、その小さな手を何者かに引っ張られる方が早かった。

「げへへっ、いけない嬢ちゃんだなぁ」

「――いたっ!?」

腕が引きちぎられたかと思うような痛みが発したかと思うと、アリスの右腕は思いきり引かれていた。

力任せに引っ張られ弾《はじ》かれるように向かっていた先には、下卑た笑いを浮かべている男の姿があった。

禿頭《とくとう》で頬がこけていて、瞳だけが爛々《らんらん》と輝いている。

破かれたのか右と左で長さの違うジャケットを着ていて、舌なめずりしながらアリスのことをねっとりとした粘質な視線で見つめてくる。

「ひい――むううっっ!?」

一目見ただけで恐怖から喉がひくつき、声にならない声が出る。

けれど彼女が叫び声を上げるより、男が布をアリスの口元に巻き付ける方が早かった。

人生で一度も嗅いだことのない饐《す》えた匂いにえずいていると、横からまた新たな人影が二つ。

やってきたのは背の高いショートカットの男と蛇のように長い舌をちろちろと動かしている男だった。

二人ともその手に錆《さ》びたナイフを握っている。

「いやぁ、助かったぜ。まさか護衛の騎士すらも連れねぇで来てくれるとは」

「これで身代金をきっちりとぶんどれば、俺達もこんなところとはおさらばってわけだな」

どうやら男達は、ずっとアリスをつけてその足取りを追っていたらしい。

入念に下調べをしてからの、計画的な犯行のようだった。

「ちいっとくらい味見をしたって……」

「ザイガス、前から言っていただろう。味見はなしだ、身代金をせしめても、殺されちゃあ意味がねぇ」

「それにガキすぎんだろ。相変わらず悪趣味だなぁ、おめぇ」

何を言っているか、音としては入ってくるが、それを意味のある単語として理解することができない。

それほどまでにアリスはパニック状態に陥っていた。

動こうとするとひたりと、首筋に何かを突きつけられる。

禿頭の男が握っているそれは、キラリと光るダガーだった。

首筋に当てられると、抵抗しようという意志の炎は一瞬にして消えてしまった。

身がすくみ、頬がひくつき、身動きが取れない。

逃げなければいけないことだけはわかっているのに、身体はまったくといっていいほどに動かない。

身体がこわばっている間も、状況は悪化の一途を辿《たど》る。

腕を後ろ手にして紐《ひも》か何かでグルグルと巻かれ、次に頭に何かを被らされる。

それは大きなズタ袋で、アリスはあっという間に袋の中に入れられてしまう。

網目がかなり粗く袋自体もボロボロのため小さな穴はあるが、そこからではわずかな範囲しか見ることができない。

ほとんどの視界が茶色く変わり必死になって動こうとするが、蓑虫《みのむし》のように這《は》おうとしたところを男達に捕まえられてしまう。

「んん――――っっ！　んん――――っっ!!」

「あっひゃっひゃ、叫んでも助けなんかこねぇよ、バーカ！」

「ハイハイできて偉いでちゅね～～」

バカにしてくる男達の嘲るような声を聞くと、目尻に涙が溜《た》まった。

馬鹿なことをしてしまったと思ってももう遅い。

気付けばアリスは担ぎ上げられ、どこかへ連れて行かれようとしていた。

必死になって身じろぎをしても、大柄な男達に押さえつけられてびくとも動かない。

自分が逃げようとすればするほどに、男達を喜ばせるだけだった。

ゲラゲラという乾いた笑い声が袋の中に何重にも反響して、まるで全方位を敵に囲まれているかのようだった。

溜まっていく雫《しずく》がとうとう自重に耐えきれずに、こぼれ落ちる。

少女が流した純真な涙は、ポトリと落ちて袋の小さなシミになるだけだった。

(誰か……誰か助けてっ!)

口を塞がれ言葉に出すこともできず、またくぐもった声を出しても男達が喜ぶだけ。

絶望的な状況で、アリスは心の中で祈る。

それは本来であれば、聞き届けられるはずのない願いであった。

けれど——奇跡は起きる。

「おいお前ら、そこで何をしている」

突如として響く、高い声。

まだ声変わりをする前のメゾソプラノの少年の声が、路地裏に響き渡る。

そこにやってきたのは一人の少年だった。

強い意志の炎に瞳は燃え、下卑た表情を浮かべている三人のことをジッと見据えている。

その姿は正しく、貴族の貴公子そのものだった。

いかにも高そうな仕立ての良い服を身に纏《まと》い、供回りを連れている様子もなく、ただ一人で路地裏に立って男達を睥睨《へいげい》している。

「なんだぁ、てめぇは」

「おいおい、嬢ちゃんを攫《さら》ったら貴族のおぼっちゃんが釣れるとか、今日はなんてラッキーデーなんだ!」

「これで稼ぎも倍、とんだ臨時収入だぜ！」

新たな金づるが現れたことに、男達の瞳が欲に濁る。

金に目がくらんだ彼らは担いだズタ袋を地面に放り投げる。

「――んーっ!!」

痛みと衝撃で思わず声を出してしまうアリス。

そして袋の中から声が聞こえてきたことで、少年――ヘルベルトはおおよその事情を察した。

人が集まるところに金の匂いを嗅ぎつける悪人というのは、どこからでも湧いてくる。

王都の治安が良いとは言っても、こういったことは決して起きないわけではないのだ。

フンと自信ありげに鼻を鳴らしている態度は、男達が迫ってきているのを見てもまったく変わらない。

ヘルベルトはそのまま、腰に提げている木剣の握りをたしかめる。

そして――斬ッ！

「ぐええっ!?」

舌の長い男を、たったの一振りで昏倒《こんとう》させてみせる。

「こいつ……強ぇぞっ！」

「前後からいくぞ！」

残る男達は前と後ろに陣取ってヘルベルトのことを包囲しようとしたが、彼の足さばきの前で上《う》手《ま》く足並みを揃えることもできず、結果として各個撃破されていく。

「ぐおっ!?」

「ガキのくせに……なんつぅ力だ……」

ヘルベルトは禿頭の男の頭を強《したた》かに打ち付け、ショートカットの腹部に剣を突き入れた。

そして三人をしっかりと倒してから、ズタ袋の方へと歩み寄る。

そして縛られていた口紐を取り、ゆっくりと袋を外した。

アリスがゆっくりと目を開ける。

そこにいる男の子を見た瞬間――先ほどまで灰色だったはずの世界が、色を取り戻した。

アーモンド形の瞳にほっそりとした体つき。

年齢は自分とさして変わらないだろうに、ずいぶんと大人びて見える。

それに男達をあっさりと蹴散らしてみせるだけの高い実力……。

ヘルベルトのことを見つめているとアリスの胸はドキリと高鳴り、彼女は咄嗟《とっさ》に顔を逸らしてしまう。

なぜだか真《ま》っ直《す》ぐ彼のことを見つめることができなかったのだ。

「大丈夫だったか?」

「は、はい……ありがとうございます……」

「ヘルベルト様!　ヘルベルト様～っ!?」

少年がちらりと後ろを振り返る。

そこには彼を追いかけてやってきている三人の少年の姿が見えた。

「呼ばれてるから、俺は行く。危ないから路地裏には入らないようにするんだぞ」

それだけ言うとヘルベルトは踵を返し、行ってしまった。

そして近付いてきていた友人達に二言三言を添えて、そのままその場を立ち去ってしまう。アリスは少しだけ呆《ほう》けて、そしてこのまま立ち止まっていては危ないとすぐさま大通りに出るのだった――。


「――ということがあったのです」

「……なるほどな」

時を現在に戻し。

熱の籠もった語り口調で臨場感たっぷりに情景を伝えてくるアリスを見て、ヘルベルトは必死に記憶を掘り起こす。

そう言われてみるとたしかに以前、路地裏で人攫いに連れて行かれそうになっている子を助けたことはあった気がする。

細かく観察していたわけではないので、まさかその子が隣国の上級貴族の娘だなどということは知らなかったわけだが。

人が多く集まる以上、王都にも犯罪はありふれている。

正義感の強いヘルベルトは自分が見ている範囲で犯罪が起きようとしていた場合、義憤に駆られて動くことが何度もあった。

ヘルベルトからしてみれば、その中の一つにたまたまアリスが入っていたという、それだけの話だ。

けれどそれはアリスにとっては、大きな出来事だったのである。

「それ以後、私は心を入れ替えるようにして勉学にもお稽古にも励みました。ヘルベルト様のようになりたいと思い続けましたから……」

「お、おう、そうか……」

ヘルベルトが鍛錬をやめてグレてぶくぶくと太っているという情報を聞いても、アリスが行動を変えることはなかったという。

そんな戯《ざ》れ言《ごと》は信じなかったというアリスの言葉には、苦笑することしかできないヘルベルトであった。

「やはりヘルベルト様は他の人とは違うと、私はあの時、そう確信したのです。そしてあなたが時空魔法を使えるという噂《うわさ》を耳にした私は、やはり自分の勘が間違っていなかったと改めて思いました。ですからお父様にお願いをしてお見合いをしてもらうよう申し入れをさせていただいたのです……今の私を、あなたに知ってもらいたくて」

しゃべり通してわずかに声が掠《かす》れたためか、アリスが紅茶を飲んで喉を潤す。

上品な動作で持ち上げられたカップの奥で、アリスの白い喉がこくんと小さく動いた。

「ヘルベルト様、お慕いしております……」

「……」

アリスという美少女にそこまで思われているというのには、当然男として悪い気はしない。けれど自分を慕ってくれている理由がわかっても、ヘルベルトにとって一番大切なのはネルだ。

帝国貴族である以上、無下にすることはできないがそれでも自分の思いははっきりと言葉にしておいた方がいいだろうと思い、ヘルベルトが前のめりになって口を開こうとする。

するとその口を、白魚のように細く美しい人差し指が塞いだ。

「わかっております。ヘルベルト様がネルのことを思っているということくらい」

アリスはこちらを見て、にこりと笑う。

そこには芯があり覚悟が決まっている女性にしか出せない凄みとでも言うべき何かがあった。

「けれど私、負けるつもりはございません。なのでヘルベルト様――今後とも末永く、よろしくお願い致しますね？」

「……ああ」

たじたじになりながらそう答えるヘルベルト。

基本的には力強いヘルベルトではあったが、彼はヨハンナに逆らえないマキシムの血をたしかに受け継いでいた。

「同級生だ、もっと砕けた話し方でも構わないぞ」

「いえ、私の場合こちらが素ですので、そこは気にしていただかなくて結構です」

「そ、そうなのか……」

アリスのことをまた一つ知れたが、それ以上にわからないところも増えてしまった。

女の子というのは本当に不思議な生き物だ。

そんな風に改めて思いながら、ヘルベルトはアリスのことをきっちりとお屋敷まで送るのであった——。

第四章

つかのまの休息 episode 4

アリスとのデート（？）が終わった後も、特に大きな異変が起きたわけではなかった。

彼女の人気は着々と増加していたし、とうとう学院内に非公式のファンクラブができたりもしたし、それを知ったアリスがぷりぷりと怒りだして大きくなる前にクラブ自体がなくなったりもしたが……せいぜいそれくらいのもので、取り立てて問題は起きなかった。

その間学院の外がどうなのかというと、にわかに活気づき始めていた。

「というわけで、速やかに家へ帰ること。また可能であれば送迎用の馬車で乗り付けてもらうこと。先生との約束です」

先生がそう言ってから出ていくと、クラスの中がドッと騒がしくなる。

「最近物騒な話を良く聞くようになりましたよねぇ」

三人組の中で唯一ヘルベルトと同じA組に入っているリャンルに言われ、ヘルベルトはこくりと頷《うなず》く。

窓ガラス越しに外を見てみると、送り迎えのための馬車が列をなしている。

あれでは自分の呼んだ馬車が来るまでどれほど時間がかかるか、わかったものではない。

けれど皆それでも馬車を使っている。

王都の雰囲気がそれだけ良くないということを、肌感で感じているのだ。

大きな連続殺人のような凶悪犯罪が起きたわけでもなければ、テロリストが紛れ込んだわけでもない。

いきなり治安が悪化したというわけでもないのだが……ここ数日の王都の様子は、明らかにおかしかった。

道を歩いていれば道を歩きながらよくわからない説法を垂れ流す『アガレスク教団』の信徒が列を成しており、それを睥睨《へいげい》する衛兵達《たち》との間に見えない溝が生まれているため、とにかく雰囲気が重たく、息苦しいのだ。

そのために貴族の令嬢はほとんどが馬車を利用するようになっており、そのため学院の外には馬車が立ち並んでいる光景が珍しいものではなくなっていた。

「さっさと捕まえればいいと思うのは俺だけか？」

「色々と大変なのだ。『アガレスク教団』の上の方の人間は捕まえるのにも一苦労なようでな」

「悪事をした罪っていうのは、基本的に下の方が被《かぶ》るものですからねぇ……」

「いわゆる、トカゲの尻尾切りってやつか」

マーロンの言葉にヘルベルトは頷く。

このままではマズいと王様やマキシムも色々と動き回っているが、教団の幹部の人間達はその追及の手をのらりくらりと躱《かわ》してしまう。

令状を出して捕らえても、結果的に捕まるのは下っ端の団員などということがもう何度も起きていた。

といっても、近々ようやく王国騎士団が本腰を入れて逮捕に動いてくれるようだが……誰の目があるかもわからない学院で、そのことを口にするわけにもいかない。

（根からの情報も集まりつつある。実際に魔人との戦闘になるのなら、俺やマーロンも手伝うことになるだろうな）

現在、バギラス以外にも複数の魔人が確認されている。

本来であれば……学院生であるヘルベルト達に招集がかかることはないのだが相手が相手なので、果たして騎士団だけで対応できるか……正直かなり怪しいというのが、ヘルベルト達の総意だった。

王国騎士団の中でも街の中の警邏《けいら》を任されているのは、基本的に貴族の子息の中でも特に大切に育てられた箱入りばかりだ。

実際の戦闘能力は、騎士団の中では下から数えた方が圧倒的に早いような者達も多く……ぶっちゃけてしまえば、ヘルベルトですら難なく倒せてしまえそうな団員ばかりなのだ。

果たして彼らが竜の魔人であるバギラスを倒すことができるかと言われると、正直厳しいと言わざるを得ない。

そのためウンルー公爵家の騎士団は有事の際に独自に動き、自分達だけで率先して魔人達を倒すことができるよう、マキシムは既に騎士団の態勢を整えていた。

恐らくだが、どこの騎士団も似たようなものだろう。大領地を持つ上級貴族は皆、自前の戦力をしっかりと育てているものだからだ。

公爵騎士団では呼び戻されやって来ているロデオに、彼に手塩にかけられて育てられてきた騎士団員達に、特別戦力として現在食客ポジションに収まっているグラハムとヘルベルト、そして公爵家預かりとなっているティナとマーロンが力を合わせて魔人討伐を行う予定である。

これだけの面子《メンツ》が揃《そろ》っているのなら、負けはない、はずなのだが……。

（どうにも胸騒ぎがする……俺の思い過ごしであればいいんだが……）

物憂げな顔をしながら、窓の外をのぞき込むヘルベルト。

本人はまったく意識していないが、その様子はあまりにも様になりすぎていた。

彼のことが視界に入っていた何人かの女子から、ほぅという息が漏れ出る。

そして何人かの男子はケッと彼のことを視界から外し、そしてマーロンとリャンルはそれを見てただ苦笑していた。

さてそろそろクラスを出るかと思いヘルベルトが立ち上がると、目の前に二つの人影が。

やってきたのはネルとアリスだった。

二人は例えるなら静と動、冷静と情熱とでもいった感じで、まったくタイプが違う。

けれどなかなかに馬が合うようで、世話係を命じられたヘルベルトよりもネルの方がよほどアリスと一緒にいる時間が増えているような状態だった。

「ヘルベルト様、今日の放課後は何かご予定は？」

「もしよければ、うちに来ない？」

「ネルの家にか……？　別に構わないが」

というわけでヘルベルトはネル達と一緒に、久しぶりにフェルディナント侯爵家へと向かうことになった。

フェルディナント侯爵は王国は西部、大樹海を始めとする未開地域と接している大領地を治めている上級貴族である。

かつては辺境伯だったが、それだと宮内で立ち回りづらいだろうという当時の王の差配によって、侯爵へと引き上げられたという経緯がある。

フェルディナント侯爵であるグランツとその妻であるアーニャには、夏休みの頃に一度挨拶に出向いている。

そのため屋敷に入るのは久しぶりだったが、それほど緊張するようなこともなく、ヘルベルトは彼らと対面することができた。

「久しぶりだね、ヘルベルト君。夏休みに侯爵領に遊びに来てくれた時以来かな？」

「お久しぶりです侯爵。はい、その認識で間違っていないかと」

グランツはマキシムとは違い、がっしりとした体格をしている。

着ているのは自宅用のゆったりとしたローブだったが、それでも隠しきれないほどに筋肉が浮き出ている。

柔和で優しそうな顔つきとムキムキの肉体が妙にアンバランスな人だ。

親子で共通している特徴を探すのが難しいほどに、ネルとは似ていない。

ちなみにグランツのその肉体は決して飾りではなく、彼は自身が保有する騎士団長相手にも勝つことができるほどの実力を持っている。

なんとかつてはリンドナー王立魔法学院の『覇究祭』の『一騎打ち』で優勝したこともあったという。

元は辺境伯領だったということもあり、彼が治めるフェルディナント侯爵領は未開発の地域も多い。つまりはそれだけ、沢山の自然に囲まれている場所も多いということだ。

開拓作業は未《いま》だ各地で続いており、フェルディナント侯爵領の収穫量は未だに右肩上がり。けれど魔物被害もバカにならないため、グランツ自身が先頭に立って魔物狩りの陣頭指揮を行うことも多いのだという。

「ネルはご迷惑かけてないかしら?」

「いえいえそんな、毎度こちらが助けてもらってばかりです」

「それならいいんですけど……ほらこの子、感情表現が下手くそじゃない?」

「ちょっとお母さん!?　何を――」

焦るネルを見ておほほほほと優雅に笑っているのは、彼女の母であるアーニャ・フォン・フェルディナント。

ネルに似た光沢のある銀の髪を揺らすその姿は、ネルを産んで育ててきたとは思えないほどに若々しい。

ちなみに彼女の表情筋はネルと同様あまり活発に動いてはおらず、口元に手を当てながら笑っているものの目は全然笑っていない。

そのため感じる威圧感がとてつもない。

ネルのキツい視線に慣れているヘルベルトからすると、なるほどネルの母親なのだと思わずにはいられなかった。

「私アリス・ツゥ・ヴァリスヘイムと申します。本日はよろしくお願い致します」

「よろしくね、ネルからも何度か話は聞かせてもらっているよ」

「ネルが女の子の友達を連れて来たのなんて何年ぶりかしら？　この子ったら昔から友達づきあいが苦手でねぇ……」

「ちょっとお母さんっ!?」

どうやらアーニャは完全に娘の昔語りモードに入ってしまったようで、ネルはそんな母親を必死になって止めている。

その様子を見て、少し後ろからヘルベルトとアリスは面白い見世物を見ているような感じで、ほほえみながら見つめていた。

「フェルディナント家はずいぶんと家族仲がいいんだな」

「ええ、うちとは大違いです……」

「帝国貴族だと、またうちとは勝手が違うのか？」

「帝国では、女性の地位がもっと低いですね。少なくともアーニャさんのように生き生きしている奥方を、私はほとんど見たことがありません」

「なるほど……そういうものなのか……」

ふふふと暗い感じで笑うアリスを見てまた帝国の闇を見てしまったヘルベルト。

彼は帝国には行ったことはないが、そこまで文化が違うと一度見に行ってみたくなるな……などと考えているうちに、ネルが疲れた顔をして帰ってくる。

さっきまで必死になってアーニャを止めていたからか、その頬は上気しているように見える。

「もう知りません！　あんな人は放っといて、部屋に行きましょう！」

そう言うとネルは右手でヘルベルトの左手を、そして左手でアリスの右手を摑《つか》んだ。

心なしかいつもよりおてんばに見えるネルに引きずられながら、ヘルベルトは久しぶりにネルの部屋へと向かうのだった――。


「どうぞ」

促されるがままに、部屋の中へと入る。

ヘルベルトが最後にネルの部屋に入ったのは、それこそ十歳前後の頃だ。

久しぶりに入るネルの部屋は、以前とはずいぶん違って見えた。

「なんだかずいぶんすっきりした気がするな……」

「子供の時と今を比べられても困ります」

記憶ではベッドの上や脇を固めるように動物のぬいぐるみが置かれていたはずなのだが、それらが全てなくなっている。

いや……よく見ると枕の横に一つだけ、熊のぬいぐるみがあった。

ん、なんだかあのぬいぐるみにはどこかで見覚えがあるような……と首を傾《かし》げていると、ネルがそのむっとした顔をずずいと近づけてくる。

「あ、あんまりじろじろ見ないでください！」

「す、すまん」

頭の隅の方にあったとっかかりもどこかに飛んでいってしまったので、おとなしく床に座る。

白のふかふかなカーペットが敷かれており、クッションの上に座っているようだった。

座高に合わせた低めのテーブルに、ソーサーやカップ、籠が置かれていく。

そしてあっという間に使用人達が準備を終え、お茶会が始まった。

「たまにはこういうのも悪くないな」

「ですね」

ヘルベルトが行ったことのある茶会というのは基本的に庭やラウンジ、吹き抜けの居間などでかなりの人数を集めて行うものだ。

なのでこういうこぢんまりとして、皆で膝をつき合わせてやるようなものは初めての経験だった。

使用人もかなり後ろの方で控えており、三人が一つのテーブルを囲うように座る。

茶のふんわりとした香りに混じって、女の子特有の少し甘いような香りが漂ってくる。

思わずドキリとするヘルベルトだったが、なんとかこらえて表面上は平静を保つ。

ヘルベルトの右にネルが、左にアリスがいる形だ。

左右を女の子に挟まれるせいで、どうにも居心地が悪く感じてしまう。

「学院の襲撃事件は、どこかの貴族家に恨みのあった商家のドラ息子が立てた計画らしいです」

「それも本当かどうかは怪しいですよねぇ。被害がなかったのは助かりましたけど」

ヘルベルトを飛び越えるような形で話される話題は、つい先日あった学院への不法侵入についてのものだった。

あの後襲撃の前後関係を洗ったらしいが、やはり本丸の『アガレスク教団』の幹部達の関与を示すようなものは出てこなかった。メンバーの中には魔人もいなかったという。

一応家宅捜索で関与を疑うようなものは出てきたというが、それ単体だと関係を立証するのは難しいらしい。

なのでまたマーロンが言うところのとかげの尻尾切りだけが行われ、教団の支部のうちの一つが潰されるに留《とど》まっているという結果に終わっていた。

ちなみに生徒達に真実を伝えいたずらに恐怖心をあおらぬよう、あの日に侵入していたのはただの痴情のもつれで襲撃を画策した商家の人間ということになっている。

今のところその情報統制は効いており、噂話《うわさばなし》などでささやかれはするものの、学院生達にそこまで現状を不安視している様子はない。

「ヘルベルトは何か知っていますか？」

「さぁな、『アガレスク教団』と関わっているのではとは思っているが」

「そういえば教団の特徴的なローブを着ていたという話もありましたね」

けれどここ最近の不穏な空気というのは、やはり多かれ少なかれ皆感じているようで、ネル達もなんとなく怪しいとは思っているようだ。

彼女達を危険な目に遭わせたくないヘルベルトとしては、適当にお茶を濁すしかない。

なので目撃者がいるため言っても問題のない、『アガレスク教団』の関与をほのめかすに留めておいた。

「にしても最近は皆の顔色も暗いですし……何か元気にする方法はないでしょうか？」

「ここ最近は王都もあまり良くない話を聞きますし、私達にできることがあれば何かやろうということになったんです」

「元気にする方法か……」

襲撃事件があってからというもの、学院の雰囲気はお世辞にもいいとは言えない。

やはり皆どことなく不安そうな顔をしているし、大きな物音が立てばすわ襲撃かと身構える生徒達も未だ多いのだ。

強制逮捕の目処《めど》が未だ立っていない現状では、ヘルベルト達には事態が進展することを待つことしかできない。

それなら学院中にはびこっている鬱屈とした雰囲気を払拭するためにも、何かやってみるというのはありかもしれない。

「それなら一度、生徒会長のマリーカ先輩に話をしてみるか」

「生徒会長に……ですか？」

「ああ、イベント好きの彼女のことだ。多分話をすれば、皆を盛り上げるためのイベントの一つや二つ打ってくれるんじゃないか？」

「それは名案ですね！　もしよろしければ、私もお話をさせていただければと思います！」

「アリスも行くの？」

「珍しいもの好きの会長なら多分喜んでくれるだろう。それなら三人で行ってみるか」

というわけでネルの家での茶会での茶飲み話から突如として出たアイデアを実行に移すため、ヘルベルト達は動き出すことにした。

学院を盛り上げるため、早速次の日に学院内で最も力を持っている生徒会長に直談判《じかだんぱん》をしに向かうのだった――。


翌日、ヘルベルトとネルは短期留学生であるアリスを連れて生徒会室へとやってきた。

そこで自分達の腹案を話してみたのだが……話を聞いた生徒会長であるマリーカは、ふむふむとしっかりと話に頷いてから、俯《うつむ》いてしまった。

流石《さすが》に提案がいきなりすぎたかと反省しようとしたその時！

マリーカはブルブルと震えだし、そして……ガバッと上体を起こした！

「庶務ヘルベルト君、書記のネルちゃん、そして臨時実行委員のアリスちゃん！　私は君達の成長が嬉《うれ》しいよ！」

そう言ってマリーカはグッとガッツポーズ。

どうやら彼女は呆《あき》れていたわけではなく、感動に打ち震えていたらしい。

提案自体まだそんなに詳細も決まっていない素案も素案なので、そんなに強烈な反応をもらうとは思っていなかったヘルベルトは、ただきょとんとしてマリーカを見つめることしかできなかった。

「成長……ですか？」

「私に関しては今日が初対面ですよね……？」

「ええいうるさいっ！　細かいことは言いっこなし！」

マリーカはぶんぶんと手を振りながら、大げさな身振り手振りでヘルベルト達に語り始めた。

イザベラは慣れたものなのか何も気にせずに業務を続け、リガットの方はマリーカの意を汲《く》んでどこかから取り出してきた木製の壇をマリーカの足下に置いている。

「私もね、あの襲撃事件で色々と思っているところはあったの。学院っていうのはね、貴族の子達にとっての最後の楽園、最後の砦《とりで》、最後のモラトリアムなわけさ！」

たしかに貴族というのは案外、自由は少ないものだ。

女性であればお茶会やダンスパーティーを定期的に開いて社交界での立場を維持しなければいけないし、男性であれば領地経営から王宮内での官職など、自分達の息子や孫に貴族位を受け継ぐことができるようにしっかりとした仕事をしていかなければならない。

「かくいう私も卒業と同時にお見合いラッシュが入ってる身、せっかくなら今後何十年も忘れないような濃い～～思い出を沢山作っておきたいわけさ」

「会長は十分色々やってると思いますけどね」

「こらイザベラ副会長、会長の演説の途中だぞ、慎みたまえ。でも……お見合いラッシュ、か……」

マリーカは飛び跳ね、壇上から転げ落ちそうになってから慌てて真ん中に戻り、ぺろりと舌を出す。

流石に仕事に身が入らなくなったイザベラが茶々を入れ、なぜか脇を固めているリガットは落ち込み始めた。

マリーカ・フォン・エーデルシュミットはウンルー公爵家を含めて三つしかない、公爵家が一つ、エーデルシュミット家の長女だ。

彼女が言っている通り、卒業をして学生の身分を辞めれば恐らくすぐにでもどこかに嫁に出されることになるだろう。

本人は言わないが、ひょっとすると既に婚約も成立しているかもしれない。

「せっかくそろそろ『覇究祭』の準備委員会が発足する時期だっていうのに、このお通夜モードはいかんともしがたい！　我々生徒会に与えられた予算を使うタイミングは一体いつか！　そう、今に違いないのです！」

ドヤ顔をしながら、胸を張るマリーカ。

低い身長に不釣り合いなほどに立派な胸部が、たゆんと揺れる。

一瞬目がそちらにいってしまいそうになるヘルベルトだったが、ネルの氷のような視線を感じて即座に顔に目線を固定させる。

「実はリガット君と話をつけて、予算額に関しては決めてたんだ。細かい話を詰めようとしたところに……ヘルベルト君達が自分から話をしにきてくれたってわけ。これはお姉さんとして、喜ばずにはいられないわけですよ。あなた達三人には、マリーカポイントを五点あげます」

「ちなみに俺は三十七点持ってるぞ！」

「その補足いりませんよ、リガット先輩」

どうやらヘルベルト達と同様、マリーカ達もイベントを打とうと準備を始めようとしていたところらしい。

あちらでも既にアイデア出しをしていたらしく、それにヘルベルト達が練っていたものを足し合わせる形で候補が続々と出てくる。

なんだか急激にわちゃわちゃとしてきたが、少なくとも今この生徒会室の中では、機嫌が悪くなっていたり、不安そうな顔をしている人間は一人もいない。

できれば学院全体がこんな風になればいいなと思いながら、ヘルベルトは初対面の人にも物怖《ものお》じせずに突っ込んでいくアリスを横目に、自分も意見を述べていくのだった。

話し合いはトントン拍子で進んでいき、ああでもないこうでもないとアイデアが記されている紙が、散らばっているのを、ヘルベルトがひとまとめにする。

そこに記されているのは本当に実現できるのかどうか怪しいものから、名前すら聞いたことのない謎のものまで非常に様々。

ヘルベルトが出したのは皆での立食式のパーティー。

自身ではかなり芯を食っていていいと思っていたのだが、マリーカが出した数々の奇想の前では明らかに霞《かす》んでいた。

『水着メイド喫茶ロワイヤル』ってなんだろうと、ちょっと興味が出てきてしまうようなものばかりなのもたちが悪い。

「よし、それじゃあ皆の意見を聞いた上で、独断と偏見で私が出し物を決めたいと思いますっ！」

生徒会は絶大な権力を持っているが、やはりそれを最も強力に行使できるのは生徒会長だ。基本的に生徒会での決議は多数決なはずなのだが、マリーカはわりと強権的に自分の好きなことをすることが多い。

普通ならそれだと同じ生徒会役員からの反発がありそうなものだが、少なくともヘルベルトはマリーカの悪口を、生徒会の内外を問わず聞いたことがない。

マリーカが催す出し物は、意外なことに一見むちゃくちゃなものに見えても、最終的には皆が満足して終わることが多い。

公爵家の長女である彼女は基本的に頭が切れるのだが、それを常人には理解できないような方向に発揮させることが大の得意なのだ。

今代の生徒会はパワフルな生徒会長を皆で引っ張っていくような形になっているため、基本的にヘルベルト達は彼女のフォローをする側だ。

けれどたしかにこれも、学院生活を楽しんでいると言え……なくもないかもしれない。

「今回生徒会が主催する出し物は――」


「はーい、それではこれより『仮装パーティー』を始めたいと思いまーす！」

マリーカのアイデア、それは――『仮装パーティー（しゃっふる！）』であった。

ルールは非常にシンプルで、仮装をすればいいだけだ。

では何をシャッフルするのかというと、格好である。

男は女装を、女は男装をして立食式の仮装パーティーを楽しむ。

決められているのはただそれだけである。単純であるが故に奥が深くて、ついでに業も深い。

ヘルベルトとネル、マーロン達はギリギリまでなんとかして開催を中止させようとしたのだが、残念なことに彼らの願いは叶《かな》わなかった。

リガットとイザベラが形にし、役員達が必死になってあちこちを走り回りなんとか三日ほどでパーティーまでこぎ着けることができた。あるいは、できてしまったというべきかもしれない……。


ここは体育館に併設されている男子更衣室。

本来であれば服を着替えるだけのはずのこの部屋は、今日だけ大きく様変わりしていた。

大量に設置されている鏡に、鏡がよりよく見えるように設置されている大量の照明。

化粧用品を置くための台も鏡ごとに設置されており、どこからどう見てもパウダールームにしか見えない仕上がりになっている。

そんな場所で一人、慟哭《どうこく》する男がいた。

「なんで俺がこんなことに……」

そう口にしながら壁に手をついているのは、王都にいる軟派な男であれば思わず声をかけてしまいそうになるほど美しい女装をしたマーロンである。

当然ながら服やカツラだけではなく、メイクまでしっかりとされており、元の線が細いことも相まって黙っていればまったく女性と区別がつかない。

ちなみに頭には右から左に突き抜ける形で矢が突き立っており、女性陣の気合いを感じさせる装いになっている。

今回の『仮装パーティー（しゃっふる！）』にはいくつかの賞があり、それを取ったクラスには会長からの素敵なプレゼントが渡されるということもあり、クラスにいる女子達が皆バチバチに気合いを入れてやってくれたのだ。

される方としては、たまったものではないようだが。

マーロンは地毛と同じ赤色のカツラを被せられ、その髪型はツインテール。

かなり高額と思われるまったく不自然に見えないカツラを着けているため、頭部に継ぎ目もまったく見えない。

身に着けているのはフリフリのドレスで、不自然にならぬよう少しだけ足が出る程度のセミロングのスカートを身につけている。

「似合ってるぞ、マーロン」

「……全然嬉しくない。なんだか足もスースーするし……女の子はよくこんなのを平気で履けるよな、尊敬するよ」

ぶすっとしながら受け答えをするマーロン。

彼が顔をしかめている間に、遠くから男子の悲鳴が聞こえてきた。

恐らくどこかでまた一人、このパーティーの犠牲者が出たのだろう。

マーロンは全てを諦めたのか、首を振ってから顔を上げる。

フリフリと揺れるツインテールが顔に当たって、非常にうっとうしそうだった。

「ていうか……ヘルベルトはどうして平気なのさ?」

「俺か？　まあやってみたら……案外楽しかったからだな！」

当然ながらマーロンと向かい合っているヘルベルトの方もしっかりと女装をしている。

銀の長い髪を胸の側に垂らしながら、ゴシック調のドレスを着ている。

スカートの丈はマーロンより短く、足の筋肉が見えぬように長い黒の靴下を二重に履いてごまかしている。

おしろいもしっかりと塗っており、引かれている紅は採れたてのフルーツのようにみずみずしかった。

そして額から顎にかけて、縫い目のような模様を描き込んでいて、さながら気分はアンデッドである。

ヘルベルトはくるりと一回転してから、パチリとウィンク。

どうだ似合っているだろうといつものように自信満々な顔つきをする。

けれど女装のおかげでそこまで威圧的な印象も受けず、ただ女子が背伸びをして大人の女性のように振る舞っているようにしか見えない。

「……」

ちなみにマーロンの方は、黙ることしかできない。

ヘルベルト本人が言っている通り、実際かなり似合っているからである。

「ぷっ……おいゴレラー、なんだその格好は？」

「へ、変ですかね？」

「変なんてもんじゃないぞ、あまりに女装が似合ってなさ過ぎる」

今回はクラスの別なく皆で楽しむパーティーなので、ヘルベルトの取り巻き三人衆も彼と行動を共にしている。

リャンルは元々童顔なので問題なかったのだが、アリラエとゴレラーは致命的なほどに素材がかみ合っていなかった。

特に老け顔のゴレラーはなかなかにすさまじく、化粧を重ねたせいでよりおっさんに見えるという怪奇現象が発生していた。

女子が化粧で頑張った形跡が見える分、より悲惨に仕上がっているのが哀愁を誘う。

「とりあえず食事でも食べに行こう！　料理を沢山食べて元を取らないと、やってられない」

「そうだな、たしかに腹が減ったし、俺達も会場へ向かうか」


更衣室を抜けて裏口を歩いていく。

そこにある階段を下ってから脇にある出入り口を抜ければ、そこが体育館に作られたパーティーの会場だ。

女子達は男子達の女装を手伝ってから、自分達の男装をするために女子更衣室に向かってしまった。

なのでヘルベルト達は彼女達がどんな格好をしているのかまったく想像がつかない。

似合っている男装を見てみたいという期待が半分、ゴレラーのように男装が壊滅的に似合っていない女子がいるのではないかという恐れが半分。

ドキドキしながら扉を開くと、そこにあったのは――。

「ほぉ……」

思わず感嘆のため息をこぼすヘルベルト。

彼の視界の先には、体育館とは思えないほどしっかりと設えられたパーティー会場がある。とてもではないが、二日間で急いで作った即席のものには見えない。

まず床にはしっかりとカーペットが敷き詰められており、出入り口を始めとした雰囲気を壊しかねない部分にはしっかりと壁紙を張られているため、ほとんど違和感を感じない造りになっている。天井の照明にも少しアレンジが加わっており、よくみると光を反射するように追加でいくつかの水晶が取り付けられていた。

即席のシャンデリアに照らされるフロアでは、既にやってきている学院生達が思い思いにパーティーを楽しんでいる。

男装をしている女性は、きっちりと長い髪をカツラの中に収めているようで、不自然さもまったくない。

派手な化粧ではなくナチュラルメイクに抑えて、しっかりと男性らしさも保っている。

仮装の程度は自由に選べるが、基本的に軽く着替えている者が多いようだ。

基本的に着ているのは男子生徒の制服だが、特に服装の指定もないため、燕尾《えんび》服《ふく》を始めとするスーツに身を包んでいる者も多かった。

中には両家公認のお付き合いをしている男女がそれぞれ制服を交換し合って着用しているような光景も見受けられる。

「……（むしゃむしゃ）」

他のクラスメイトや知り合いに挨拶するようなこともなく、マーロンはさっさと左右の端にある料理の置かれているゾーンへと向かっていく。

そして皿に料理を大量に取り、勢いよく食べ始めた。

ヘルベルトも挨拶をそこそこに、軽く何品かを取り、食事中に飲むためのジュースをウェイトレス（こちらも当然女装した男性だ）から受け取る。

「美味《うま》い……こんなに美味《おい》しい食事を食べたのは、初めてかもしれない」

そう言って手を止めることなく食事を頬張っているマーロンの目は、キラキラと輝いている。

口の端にソースをつけながら皿とフォークを必死になって持っている姿は、食いしん坊の婦女子に見えないこともない。

仕方ないやつだとヘルベルトがポケットからハンカチを取り出して拭いてやる。

するとなぜか、周囲から歓声が上がった。

「尊い……」

「推しと推しのコラボ……」

「ｔｓへの扉が開いてしまいますわ……」

何を言っているのかは半分以上理解ができなかったが、とりあえず楽しんでもらえているのなら、発起人のヘルベルトとしてはそれだけでありがたい。

ヘルベルトは肉料理をつまみ、食べ慣れた味に驚いてから、一人こくりと頷く。

一目見て気に入ったのでとりあえず取ってみたのだが、どうやらウンルー家お抱えの料理人の作ったもののようだ。

用意されている食事は、ヘルベルトやマリーカを始めとする上級貴族達がお抱えの料理人達に急いで作らせたものだ。

ローストビーフやロールキャベツから、餡《あん》をかけた堅焼きそばといったものまで、国や地域に囚《とら》われない大量の料理が並んでいる。

流石に全員が腕のある料理人だからか味だけではなく彩りも良いため、マーロンが夢中になって取って食べ進めてしまうのもわからないではない。

実際問題男子達の中には色気より食い気なのか、他の学院生達と話すよりも料理が大皿で提供されているブースから動こうとせずにバクバクと料理を頬張っている者が多い。

ただ生徒会役員のヘルベルトとしてはただ料理に舌鼓を打つわけにもいかないので、生徒会用のスペースへと向かう。

するとそこには男装をした女性陣が既に陣取っており、いつもより半音低い声で談笑を行っていた。

「あ、ヘルベルトちゃん！」

「ヘルベルトちゃん……」

人生で初めてとなるちゃん付けをされてげんなりしているヘルベルトのところにやってきたのは、男装をしているマリーカだった。

彼女はウェイターのような燕尾服を着用し、カツラにワックスか何かをつけて髪型をオールバックにしていた。

普段とは違いしっかりと眉を描いているためキリリとした印象があり、なかなかに様になっている。

強いて言うのなら押さえつけても強く主張をしている胸部とあまり高くない身長のせいで、男装の麗人という印象が覆らないところが惜しいポイントということになるだろうか。

「似合ってますね、会長」

「でしょー？　でもさらしをぎちぎちに巻いてるから結構キツくてねー……」

「ぎちぎちっ!?」

マリーカの隣には女装をしているリガットがいたが……彼の女装はなんというか、非常にお粗末だった。

塗られている口紅は唇をはみ出しているし、アイシャドーやアイラインを塗りすぎているせいで目がぎょろりという印象を与えてしまっている。

やってもらったか聞くと、自分でやったと言っている。

ただ自分的には出来に納得はしているらしいので、深く突っ込まないようにしておこうとヘルベルトは適当に流しておくことにした。

「イザベラも似合ってるな」

「ふふん、そうだろうそうだろう」

ここ最近は仲良くなりようやっと砕けた口調で話せるようになったイザベラが、ドヤッと自信ありげに胸を張る。

彼女はカツラは着けずに、長髪を一つにまとめてポニーテールにしている。

元から顔立ちがしっかりしているということもあり、化粧を普段より薄くしているだけでどことなくボーイッシュな感じが漂っている。

着ているのは男子の制服で、聞けば今回のためにわざわざ仕立ててもらったのだという。

ちなみにズボンの後ろの方には穴が空いており、ふりふりと揺れる尻尾がついている。

なかなかの気合いの入りっぷりに、ヘルベルトとしては苦笑するしかない。

ちなみにヘルベルトとマーロンは、今回のイベントごとの話をどこかから聞きつけてきたヨハンナの服を借りている。

彼女の着せ替え人形になったあの時間はなかなかつらいものがあったが、結果的に似合ったものが着られているからとんとんだとヘルベルト的には考えている。

マーロンの方は、できれば二度とやりたくないと言っていたが。

「ネル……もしかして男装経験でもあるのか？」

「あ、あるわけないじゃないですか！」

「冗談だ、それくらい似合ってるってことだよ」

「ありがとう、ございます……」

ネルの方もイザベラ同様元がかなりしっかりした顔つきなので、化粧などによるイメージチェンジは最小限に留められていた。

若干普段より眉をつり上げているくらいで、あとは本当にわずかしか化粧をしていない。

着ているのは白の下地に黒のラインの入っているスーツで、すらりとした体型をしているネルによく似合っている。

よく見ると付け歯をしているようで、いつもより長い犬歯がキラリと光っている。

少しきつめの顔立ちと着ているスーツそしてあまり動かない表情筋という三つの要素が相まって、マフィアの若頭と言われてもしっくり来るような印象に仕上がっている。

けれどまあ……よく似合っている。

ひいき目もあるだろうが、少なくとも今まで何人も見てきた中で、ネルの男装が一番似合っていると思えた。

「ネルって、肌綺麗《きれい》なんだな」

すっぴんに近い彼女を見るのは幼少の時以来な気がするため、なんだか少し新鮮な気分になるヘルベルトだった。

「ちょ……あんまりじろじろ見ないでください、恥ずかしいですから……」

頬を赤く染めながらもじもじするネル。

若頭スタイルなこともあり、格好と動作があまりにもアンバランスで、思わず笑ってしまう。

それを見て一言もの申そうとするヘルベルトだったが、それよりも体育館に設置されているスピーカーからガガ……とノイズが聞こえてくる方が早かった。

「えーそれでは皆様、宴もたけなわではございますが、これよりダンスタイムに移らせていただきまーす！」

気付けば先ほどまで近くにいたはずの会長はマイクを力強く握りながら壇上に立っている。そして彼女の言葉に追従するように左右のスペースからザザッと楽器を持った演奏家達が現れ、そのまま演奏を始めた。

ムーディーな音楽が流れ出し、雰囲気に合わせるかのように照明がわずかに暗くなる。

あちらこちらで、踊り出す男女の姿が見受けられるようになる。

ヘルベルトとネルは見つめ合うと頷き合い、生徒会用のスペースを後にする。

そしてヘルベルトが手を出そうとしたのだが、先に動いたのはネルの方だった。

「踊ってくれますか、フロイライン」

「……もちろんです」

気取った仕草で出されたネルのほっそりとした手に、自分のゴツゴツとした手を重ねる。少し恥ずかしがっているのか、手のひらはわずかに赤くなっていた。

そして二人は踊り出す。

「お、踊りづらいな……世の中の令嬢はよくドレスを着ながらあんな風に動けるものだ」

「男性が甲冑《かっちゅう》を着けて魔物狩りに出かけるのと変わりません。女性にとってのドレスは、殿方にとっての甲冑なのです」

「なるほどな……」

いつもよりぎこちない足取りで踊るヘルベルトと、それをフォローするように軽やかに動くネル。似たような光景はどこでも繰り広げられていて、男性陣がスカートを履きながらのダンスに難儀している様子は、あちこちで見受けられた。

ただやっているうちに慣れてきたので、踊りながら話をする余裕も出てくる。

「ネル、あれを」

「あれ……？――まあっ」

ヘルベルトとネルが踊りながら視界の端に捉えたのは、皿にこんもりと料理を載せたマーロンだった。

食べ盛りなのかまだまだ食べ足りない様子の彼は気付けば大量の学院生に囲まれ、白旗を揚げている。

流石にダンスを頼まれては断ることもできないため、仕方なしにテーブルに皿を置いて踊り始めたようだ。

そのコミカルな様子を見て、ネルが小さく笑う。

先ほどのキザったらしい様子が消えた、いつものネルの微笑だ。

「準備は大変だったけど……やってみるとなかなかに楽しいな」

「ええ、そうですね……あ、そうだ。さっきは言い忘れましたけど……似合ってますよ、ヘルベルトの女装。ヨハンナさんに似てますね」

「ありがとう。ネルはグランツさんに……は、似てないな」

「危ない危ない。似てると言われたら、この場で頬を叩《たた》いていたところでした」

そう言っておどけてみせるネル。

なんだかんだ言って、彼女もこの場を楽しんでいるからか、いつもよりもテンションが高い気がしている。

そしてそれは、陽気にステップを踏んでみせるヘルベルトも同様だ。

普段では絶対に味わうことのできない雰囲気なだけに、いつもと違う不思議な空気感がこの場を満たしている。

気付けば照明の色が赤色に変わっていて、流れる音楽も少しだけ派手なものに変わり始めている。

「それじゃあそろそろ、他の人とも踊ってくるか」

「ええ、そうですね」

今回ヘルベルト達は、この場を盛り上げるための生徒会役員だ。

自分達から積極的に声をかけて、皆のテンションを上げられるように頑張るべきだろう。ヘルベルトはネルと別れ、適当にブラつく。

けれど意外なことに、他の人から声をかけられることはなかった。

（もしかして自分の女装は案外似合ってないのか……？）

少しだけプライドにヒビを入れながら、それならばと気持ちを切り替えて自分から男装の麗人方のところへと向かっていくことにした。

「もしよろしければ、一曲いかがですか？」

「え……ヘルベルト様っ!?　よ、喜んで！」

「ちょ、ちょっとずるい！　ヘルベルト様、次は私と――」

「わ、私もいいですかっ!?」

ヘルベルトが自分から動くと、雪崩が起きたかのように大量の女学生達がやってくる。

踊りながら話を聞いてみたところ、どうやら皆ネルに遠慮していたということらしい。

踊っていると、後ろの方から見知った顔がやってくる。

「わっととっ!?」

見ると慣れない様子でダンスをしているマーロンの姿があった。

彼女はツインテールをしっぽのように揺らして、悪戦苦闘しながらなんとかダンスを踊っている。

元からダンスの練習をあまりしてこなかったからか、その様子はかなりたどたどしい。

今度ダンスの稽古をつけてやるのもいいかもしれない。

そんな風に思いながらやってくる学院生達を捌《さば》いていく。

驚いたことに女装している男子からも誘われたので、面白そうだということで踊ってみる。

すると男子生徒の方の鼻息が少し荒くなり始めた。

ヘルベルトの中にある何かが、これ以上はマズいと告げている。

彼は自分の直感に従い、急ぎその場を後にすることにした。

(似合いすぎるのも考えものだな……)

母のヨハンナ譲りの美貌にメイク術が合わさることで、現在のヘルベルトは誰がどう見てもかなりの美人に仕上がってしまっている。

男に言い寄られる女性の気持ちがわかり少し複雑な気分になっていると、また新たな人影が。

すぐさま気合いを入れ直して顔を上げると、そこには見知った人の見知らぬ姿があった。

「お疲れ様です、ヘルベルト様。もしよければ果実水などいかがですか?」

「……アリスか、さっきからなかなか見ないと思ってはいたが……まさか使用人をしているとは」

アリスが身に纏《まと》っているのは、執事服だった。

ぴっしりとしたネクタイを着け、長い髪を前髪は角のような形で固め、後ろ側は固めてから流すことで、長髪のまま清潔感を保つことに成功している。

身体《からだ》の中心に芯が通っているかのような足取りを見てもわかるように体幹に全くブレがなく、歩いてもグラスに入っている飲み物をこぼすことがない。

今も目の前で飲み物の交換をしているが、どこからどう見ても熟練の給仕にしか見えなかった。

「帝国ではこんな風に、使用人の姿をすることなんてできませんから……なんだか新鮮で面白くて。つい気合いが入ってしまいましたわ、お恥ずかしい」

「……いや、何事も全力で取り組めるのはいいことだろう。何も恥ずかしがる必要はないと思うぞ」

「そう言っていただけると幸いです」

そういってむずがゆそうに身体を揺らすアリス。

男装の麗人というのは何をしても様になって見える。

登場人物を全て女性がこなす演劇があるという話を思い出す。

もし機会があれば、今度一度観《み》に行ってもいいかもしれない。

そんな風に思ってしまうくらい、ネルやアリス達の男装は衝撃的だった。

話をしていると、曲が終わり際になる。

先ほどは情熱的なテンポの速い曲だったことから考えると、次の曲は息を整えるための落ち着いた曲になるだろうか。

周りの様子を確認していると、いつの間にかお盆をどこかに置いてきているアリスに手を差し出される。

「もしよければ、一曲踊ってくださいませんか？」

「……もちろんです」

そう言ってヘルベルトがアリスに手を重ねると、次の曲が始まる。

予想通りゆったりとしたテンポの曲だったので、曲調に合わせて軽やかにステップを踏んでいく。

「大盛況ですね。頑張った甲斐《かい》がありました」

「ああ、そうだな……これだけ喜んでもらえるのなら、イベントを沢山やろうとする会長の気持ちも、わからなくはないかも」

戦闘で培ってきた視野の広さを十分に使い、ヘルベルトは踊りながらも館内の様子を眺める。

女子に語りかけにいく男子もいれば、男子に語りかける女子もいる。

どうやら普段はスポットが当たらないようなひ弱な男の子が美人に化けやすいようで、普段とは違った人の流れや交流関係が生まれているようだった。

マーロンのように色気より食い気な男達も多く、がに股でのっしのっしと歩いていて女装をする気すらないような男も多いが……彼らも彼らで男子同士で連《つる》んだり、ヘルベルト達お抱えの料理人達が腕によりをかけた料理に舌鼓を打っていて楽しそうだ。

女性陣は女の子同士できゃぴきゃぴしているというより、男装をしっかりと楽しみ、女装した男子に話しかけにいっている者が多かった。

中には男装した女性同士で妙にくっついている者達もいたが……とりあえず見なかったことにしようと思う。

ヘルベルトが生徒会室の中で思ったのと同じように、今この瞬間、体育館の中には不安の色の一つもなく、笑顔に溢《あふ》れていた。

これを自分達が作り出したのだと思うと、なんだか胸にあついものがこみ上げてくる。

この光景を守るためにも、頑張らなければいけないな……と考えていると、アリスが自分のことを見上げていることに気付く。

「ヘルベルト様……いつにも増して格好よく見えますよ」

「女装しているのにか？」

「ええ、覚悟を決めた男の顔をしています」

「……そうか」

もしかすると帝国貴族であるアリスには、ある程度情報が渡っているのかもしれない。

けれど渡っていようがいまいが、ヘルベルトのすることは変わらない。

ヘルベルトはただ何も言わずアリスに頷き、アリスはそれを受けて優しくほほえんだ。

こうしてマリーカ会長発案の『仮装パーティー（しゃっふる！）』は無事大盛況のうちに終わりを告げる。そしてその次の日、ヘルベルトはマキシムから直接告げられることになる。『アガレスク教団』の本部突入の正式な日取りが決まったこと、そして探していた『邪神の欠片《かけら》』の場所が判明したことを。

魔人との戦いの時は、着実に近付きつつあった——。

『アガレスク教団』に関する罪状を整え本部へと突撃するのは王国騎士団が行うことに決まったらしい。

　そして各公爵家には、その後詰めをするための役目が伝えられたという。

　今回ロデオ率いる公爵騎士団は、こちらの後詰めに対応することになった。

「本当なら若と一緒に動きたかったですが……それはまたの機会に」

「ロデオが今後も現役なら、卒業後は共闘する機会も多いだろう。そんなに気にしなくても、すぐに機会は巡ってくるさ」

「ふふ、楽しみにしております」

　そして教団逮捕の日取りと同時に伝わってきたのは、根が発見してきた『邪神の欠片《かけら》』の居場所だ。

　ヘルベルトとしては、『アガレスク教団』の本部襲撃の情報よりもこちらの方がよほど大切なものだと考えている。

　なにせ学院での騒ぎから教団が起こしてきたという数々の事件まで……それら全ての原因は、恐らく魔人達《たち》がこの『邪神の欠片』を探すためにしてきたものとしか考えられないからだ。

故に優先順位としてはこちらの方が高いだろう。

本部襲撃が何を引き起こすかは、ヘルベルトには予測はつかない。

けれどマキシムはこう言っていた。

「恐らくだが……『アガレスク教団』を潰すタイミングで、王都で何かが起こることになるだろう。魔人が侵入するかもしれないし、王都で何かテロのようなものが起こるかもしれない。何が起こるかを完璧に予測することはできないが……碌《ろく》でもないことが起こるということだけは私にもわかる」

『アガレスク教団』は既に王都のかなり深い部分にまで入り込んでいる。

故にそれを潰すという話は、襲撃を画策している段階で広がることだろう。

そうなればまず間違いなく彼ら――魔人や邪神を信仰する者達は行動を起こすはずだ。

今回の襲撃には、いつかわからない騒乱のタイミングをこちら側で誘導するという側面があるのだという。

危険は大きいが、警戒態勢が取られていないタイミングで動かれるよりこちらの方が被害が少なくなるだろうという判断らしい。

たしかにその判断は正しいように思える。

そのためにある程度の上級貴族家には既に最大限の警戒をするように促しており、既に設備点検を理由に襲撃の前後と合わせて学院も休みになることが決定している。

（しかし『活動拠点』と人員を潰された場合にどう動くのか……一度王国に敵だと認定された以上、再度同じようなことをするのは難しいはずだ。たしかに父上の言う通り、何かは起こるのだろうな……）

だが『邪神の欠片』のところまでたどり着くことができるかと言われると、非常に疑問の残るところではある。

何せ『邪神の欠片』がある場所は――王宮の地下なのだから。

厳戒態勢に入っており警備の厳重な王城へ入り、中にいる並み居る兵士達を倒して地下にたどり着くことができるかというと、非常に微妙なところだと思う。

何せ王宮勤めをしている近衛《このえ》兵《へい》達の実力はそこまでではないが、外には王国最強と名高い第一騎士団が控えているのだ。

だが相手も強力な竜の魔人……油断は禁物である。

けれど王城の地下の警備をヘルベルト達が代わることができるはずもない。

そこでマキシムとも相談した上で、ヘルベルトが取った行動とは――。

「それではよろしく頼む」

「うむ、こうして誰かをうちに呼ぶのはずいぶんと久しぶりなので、なかなか緊張するな……」

イザベラの家に遊びに行くという名目で、王城に滞在させてもらうというものだった。

そのためヘルベルトは今まで登城したこともない王城へと向かうことになるのであった――。


「これが王城か……陳腐な言い方になっちゃうけど、ものすごく立派な建物だ」

「当たり前だ、リンドナーで一番偉い国王陛下が住まうところだぞ。王国内で一番立派であってしかるべきだろう」

「た、たしかにそうだな……どうしよう、大きすぎて流石《さすが》にちょっと緊張してきた……」

マーロンが見上げながら、ぶるっと身体《からだ》を小さく震わせる。

たしかにその気持ちもわからないではない。

ヘルベルトも幼少期の頃に一度王と謁見したあの時の経験がなければ、この威容に圧倒されていただろうと思うからだ。

王城は見上げるほどに高くそびえ立っている、白亜の城だ。

周囲はぐるりと石壁に囲まれており、跳ね橋を使わなければ中に入れない仕組みになっている。

兵士の号令で鎖が下ろされ、じゃらじゃらという音と共に橋が下ろされる。

通っていく脇を固めるのは、王国近衛兵達だ。

幸いヘルベルト達に隔意を持っている者はいないようで、あくまでも職務に忠実に真面目な顔を作っている。

――当然ながら、ヘルベルトは一人でやってきているわけではない。

彼が連れてくることができる最大戦力として、将来的な配下ということでマーロン、そして護衛という名目でグラハムを連れてきている。当然ながら二人には、事情も説明済みだ。

「王城……久しぶりに来たな。もう二度と来ることはねぇとばかり思ってたが……」

感慨深げな顔をしながら王城を見つめているグラハムを見て、ヘルベルトは叙爵された時のことを思い出しているのだろうと少しだけ複雑な気分になった。

なるべく彼の古傷をえぐり出すようなことはしたくなかったのだが、今回は事情が事情だ。無理を押して来てもらっている。

そんなヘルベルトの微妙そうな表情に気付いたグラハムは、ガシガシと彼の頭を乱暴に撫《な》でた。

「気にすんな。俺の中じゃあもうケリはついてるからよ」

そう言うと彼はヘルベルトの後ろに下がり、護衛の役目に戻った。

ちなみにしっかりと身なりも整えてきているために、家に居てマキシム秘蔵の酒をこっそり飲んでばかりいる時のだらしない様子は、微塵《みじん》も見られない。

「大きいわね……こんなに近くから見るの、初めてかも」

「私は帝城にお邪魔したこともありますので少しだけ慣れてはいますけど……帝城とはまた違った良さがありますね」

そしてヘルベルトと並んで歩くのは、アリスとネルだった。

本当なら連れて来たくはなかったのだが……これもまた、貴族の事情というやつだ。

ヘルベルトは最初、泊まり込みで王城で魔人の襲来を待ち構えるつもりだった。

けれどこれはよくよく考えると非常にマズい。

というかそもそも公爵家の跡取りであるヘルベルトが王宮に泊まりでもしたら、間違いなく責任問題になってしまう。ヘルベルトがイザベラを傷物にしたなどという風評が、両者に立ち兼ねないのだ。

故に余計な邪推をされぬよう、ヘルベルトはこれから、毎日王宮に長時間滞在をさせてもらうという形式を取らせてもらうことにした。

そしてあくまで学友同士の付き合いという体を守るためには、女生徒も交ぜなければならなかったのだ。

ネルとアリスが同行者としてやってきているのはそのためである。

ちなみにヘルベルトは王女であるイザベラにはやむなしということで事情を説明しているが、ネルとアリスの二人には何も話していない。

話したらまず間違いなく、彼女達が巻き込まれることになると思っているからだ。

できればさっさと事情を話して、以後は安全な場所で待機してもらいたいところなのだが……ネルが一度こうと決めたら曲げない頑固者であることを、ヘルベルトは知っている。

恐らく彼女も、更に言えばアリスも現場に向かおうとするだろう。

実際に模擬戦をしているところは見ていたから、彼女達は十分に戦力になることは理解できている。

けれどそれでも……ヘルベルトとしてはネルを、そしてアリスを危険にさらしたくはないのだ。

少しだけ複雑な思いを抱えながら、ヘルベルトはイザベラが待っているであろう彼女の居室へと向かうのであった――。


今回の場合、王城内の地図をしっかりと把握しておくことも重要になる。

後でイザベラに地図を見せてもらうつもりではあるが、有事の際にうろたえることがないよう、覚えられる部分は記憶しようと進んでいく。

けれど使用人に案内されているうちに、当初抱えていた気持ちはどんどんとしぼんでいった。

王城はかなりの広さがあり、しかも入り組んでいてどことどうつながっているか非常にわかりづらい。

これを一発見ただけで覚えるのは不可能だろうと、ヘルベルトは早々に匙《さじ》を投げることにした。

恐らくは侵入者を迷わせて時間を稼ぐためのものなのだろうが、中で立ち回ろうとしているヘルベルトからすると非常に厄介極まりない。

(その分だけ魔人達がたどりつくのにも難儀するだろうから、悪いことばかりでもない……と思うことにするか)

どうやらイザベラの部屋は二階にあるらしく、豪壮な階段を上っていき更に歩いていくことしばし。

ようやく扉の前で使用人が止まる。

恐らくはここがイザベラの居室なのだろうが……思っていたよりも、扉のサイズが二回りくらい小さい。

王女として育てられてきたイザベラは、ヘルベルトに負けず態度が大きい。

そんな彼女のことだからてっきり、とてつもなく広い部屋で天蓋付きのベッドで眠っているとばかり思っていたが……。

ドアが開き、部屋の中が露《あら》わになる。

そしてその部屋は想像とは違い、かなりこぢんまりとしていた。

というか、純粋な大きさだけで言えばネルの部屋よりも小さい。

たしかに中に配置されている家具は高級ブランドのものばかりだし、調度は完璧に整えられているが……。

「それではよろしく頼む」

「うむ、こうして誰かをうちに呼ぶのはずいぶんと久しぶりなので、なかなか緊張するな……」

イザベラはもじもじとしながら、ベッドに腰掛ける。

するとその左右にアリスとネルが座った。

男子は床という無言の圧力を受けて、ヘルベルトとマーロンは地べたに座る。

ちなみに護衛のグラハムは外に出ており、衛兵達と同じく扉を守っている。

「どうした、私の部屋が小さいのがそんなに意外か？」

「それは……いや、その通りだ。王城のインパクトが強い分、余計にな」

そうだろう、となぜかイザベラはしたり顔だった。

何が楽しいのか、カラカラと笑ってから手を叩《たた》く。

するとそれを待っていたかのように給仕が現れ、テーブルの上に飲み物が並んでいった。

「あまり早いうちから贅沢《ぜいたく》を覚えないようにという建国の頃からの意思でな。王族は立場ある年齢になるまでは、居室を当時の貴族の子弟の平均的な居室と同じサイズにしてあるのだ。当時と比べると今の方が土地には余裕があるから、相対的に見て小さく見えるというからくりだな。実際住居など勉強机とベッドがあればそれで事足りるから、私としてはこれでも広く思っているくらいだ」

「なるほど……つまりはそれだけ、王国が豊かになったということとも捉えられるわけだ」

「ああ、その通り。今後も来てくれた皆が狭いと思ってくれるよう、我々も精進しなくてはいけないな」

「そ、その心構えは流石にどうなんでしょうか……」

「私は素晴らしい心がけだと思います。帝室の方にも見習ってほしいくらいですね」

部屋を見て思い思いの感想を述べながら、渇いた喉を潤す。

王城にやって来たという緊張からか、イザベラを除いて全員がおかわりを頼んでいた。

「さて、来てもらってなんだが、私の部屋には遊び道具がほとんどない。どうせなら応接室や来客用の迎賓室あたりに行ってみようと思うんだが、いかがかな？」

「いいんじゃないでしょうか！　王国の遊戯はほとんどやったことがないので、私、気になります！」

やる気満々なアリスと人を案内したくてしょうがなさそうなイザベラに連れられ、応接室へやってきた。

つながっている隣の部屋には、時間を潰すためかボードゲームやカードゲームなどが一式揃《そろ》っている。

ルール説明をされて遊び出すとなかなか面白く、あっという間に時間が過ぎてしまった。

（……こんなことをしていて、いいんだろうか）

そんな風に思いながらも遊びに参加するヘルベルト。

一度イザベラの部屋に戻ってから、話をしようとした。

けれどいきなり真剣な表情を作ったヘルベルトを見て、遮るようにネルが告げる。

「実は私達、昨日既に事情をイザベラから聞いているんです」

「はい、そして当然、私達もいざという時には戦わせていただこうかと」

「……遅かったか」

ヘルベルトから話をしてなんとかして諦めてもらおうと思っていたのだが……既にイザベラが手を回しているのであればしようがない。

それにどちらにせよ、遅いか早いかの違いでしかなかったはずだ。

なにせどれだけ考えても、彼女達を説得できるような言葉は見つからなかったのだから。

「ネル達だけをのけ者にするというのは可哀想《かわいそう》だろう。もちろん、私も戦わせてもらうぞ」

そう言ってイザベラが、その控えめな胸を張る。

彼女達は全員成績優秀なので、恐らく魔人戦でも頼りになることだろう。

マーロンとヘルベルトは顔を見合わせて、苦笑するしかなかった。

「こうなったら全員でやるしかないさ」

「そうだな……」

時計を確認すると、時刻は午後三時を回っていた。

予定通りに進んでいれば、既に『アガレスク教団』の本部に騎士団が入っていてもおかしくない時間だ。

だとすれば騎士団の包囲を抜けるか、既に襲撃を知っていて待機していた魔人達がいつ現れてもおかしくはない。

緊張の時間が続く。

襲撃を待つというのは、なかなかに神経をすり減らす時間だ。

完全に気を抜いていても対応できないし、だからといってあまり体力を使うわけにもいかない。

「イザベラは襲撃があるかもって時はどうやって備えるようにしてるんだ？」

「私は……そうだな、基本的にはあまり肩肘を張らないようにしているな。王族はどうしてもやり玉に挙げられることも多いし、命が狙われる機会も多い。それら全てに対応しようとしていたら神経が摩耗して、何もできなくなってしまう。ほどよく自然体を維持するのが一番大切だと、個人的には思っているぞ」

イザベラのアドバイスに従って、あまり疲れすぎないように少しだけ意識を張る。

襲撃を警戒して物音の一つ一つにビクビクするのではなく、緊張の糸を絶やさないようにする感じというのが近いだろうか。

どうしても時間が気になって時計の針ばかりを見ていたが、あまりにも時間が進むのが遅く感じる。

たしかこの現象はクロノスタシスというのだと、グラハムに教えてもらったことを思い出すヘルベルトだった。

そわそわして仕方がなかったので、イザベラが机の上に広げた王城内の見取り図をひたすらに暗記していく。

『門外不出だぞ』と念押しされたその見取り図には、王城にいくつか存在している隠し通路の存在までしっかりと記されていた。

ちなみにこれはあくまでもイザベラが知っているものであり、王や王太子達はこれ以外にいくつも別の隠し通路を持っているだろうというのが彼女の言だ。

だが記憶力のいいヘルベルトは地図をあっという間に覚えてしまったので、またすぐに暇になった。

他の皆も同じような状況らしく、手持ち無沙汰に服や髪をいじったりしている。

「しかし、邪神か……もし王城の地下にあるという『邪神の欠片』の封印が解かれたら、一体どうなるんだろうか？」

イザベラは、自分が暮らしている王城の地下にそんな得体のしれないものが封印されているという事実を気味悪がっているようだった。

たしかにヘルベルトも自分の家の下に邪神が封印されていると言われたら、枕を高くして眠ることは難しいかもしれない。

「さて、そこまで詳細なことはわからないが……最悪の場合、邪神が復活するということも考えられるだろうな」

「邪神、か……なんだか規模が大きな話すぎて、いまいちピンとこないな。俺はあまり、神話について詳しいわけでもないし」

マーロンの言う通り、ヘルベルトもそこまでピンと来ているわけではない。

『邪神の欠片』の封印が解かれ邪神が力を取り戻すと何が起こるのか。

魔物が凶悪化するかもしれないし、魔王が力を取り戻して封印が解かれてしまうかもしれないし、最悪の場合は邪神が復活するかもしれない。

魔人達が躍起になって封印の解除をしようとしているということは、それだけの意味はあるのだろう。

防衛側のヘルベルト達からすると、それだけわかっていれば十分だ。

「なんにせよ、ヤバい奴《やつ》らが力を取り戻しかねないんだろう？　魔王の復活も邪神の復活も、なんとかして阻止しなくてはいけないな」

「ああ、俺らが守り切ることができればなんとかなる」

「何も私達が守る必要はないのではないか？　この王城には一体どれだけの兵がいると思っているんだ？　私としては彼らの防衛を突破して地下までたどり着けるかも怪しいものだと思うぞ」

「まあ、それはそうかもしれないな」

イザベラは王城に勤めている兵達に絶対の信頼を置いているようだった。

王城にいるのは基本的に儀仗兵《ぎじょうへい》の側面の強い近衛兵が多いが、精鋭である第一・第二騎士団からも警護に回している。

更に今回はイザベラが事情を国王陛下に説明することで、追加で更に警邏《けいら》の兵を増やしてもらっている。

たしかに彼女が言う通り、問題はないのかもしれない。

だが別に、それならそれで構わないのだ。

「ていうかさ、そもそもどうして王城の下にそんな物騒なものがあるんだ？」

「父上が言っていたが、やはり邪神の復活を阻止するためらしい。なんでも初代国王陛下が代々の王家にこの封印を守るよう言い伝えているという話だった」

どうやらリンドナー王国の初代国王は今後長年に渡って邪神が復活しないよう、自らの子孫達に封印の役目を命じたということらしい。

もしかすると王国を作ったのは、邪神の封印を司《つかさど》るような一族だったんじゃ……などとマーロンが独自の理論を展開させ始めたが、流石にそれは想像が飛躍しすぎだろう。

「まあなんにせよ、それならそこまで気を張り詰めなくても……」

マーロンが最後まで言葉を言い切ることはなかった。

ドゴオオオオオンッ！

轟音《ごうおん》と共に、大きな振動が王城を揺らす。

あれだけ巨大な王城を震わせるほどの攻撃……相当にとてつもない威力のはずだ。

ヘルベルトが放てる最大の一撃でもここまで王城を揺らせるかは怪しいところだろう。

やはりかなり強力な魔人が来ていると考えるのが自然だろう。

皆が顔を見合わせ、こくりと頷《うなず》く。

「やはり、予想していた通りになったな」

こうなった以上、ヘルベルト達も動くしかないだろう。

兵士達はヘルベルト達をなんとしてでも逃がそうと頑張ってくれるだろうが、それだとむしろ都合が悪い。

恐らく……というかまず間違いなく、現状を打開するためには、ヘルベルト達の力が必要になるはずだ。

兵士達の目をかいくぐって地下へ向かわなければならないが、さてどうするか……そう考えているヘルベルトの耳に届いたのは、どさりと何かが倒れるような音。

皆が緊張の面持ちで扉を見つめていると……扉がひとりでに開く。

そして外からグラハムが入ってきた。

彼の後ろを見れば、倒れた衛兵達が転がっている。

「とりあえず、さっさと行くぞ。何かあってからじゃあ遅いからな」

グラハムは男達を担ぎ上げると、そのままイザベラの部屋の中に放り投げる。

胸が上下しているから、意識を失っているだけのようだ。

仕事をまっとうしようとしている衛兵達に若干の申し訳なさを感じつつも、ヘルベルト達は地下へ向かうために階段を下りることにした。

すると一階には、彼らが想像もしていなかった光景が広がっていた。

（嘘《うそ》だろう……なんだ、これは）

入ってきた時には綺麗《きれい》に整えられていたはずの絨毯《じゆうたん》は鋭いひっかき傷で破れ。

王城を構成する白い木材と石材が、跳ね散った血で赤く塗られている。

階下には大量になだれ込んできている魔人達の姿があり。

彼らは奮闘している兵士達へと襲いかかっているのだった――。

「なぜ……なぜ魔人が王城に!?」

「しっ、イザベラ……あれを見ろ」

マーロンが指さした先で、天井に大きな穴が空いている。

見れば天井は何かに焼かれたかのようにブスブスと焦げており、石材部分は赤熱化するほどの高温になっているようだった。

どうやら高火力の一撃を上から王城へと叩き込んで大穴を空け。

その穴から魔人達を侵入させたようだ。

「帝国がワイバーン兵を使ってやってる空挺《くうてい》と似た仕組みだな。空挺を使って兵を移送して奇襲を仕掛けるやり方だ」

「……なぜあなたが帝国のやり方を？　というかどこかで見たことがあるような」

「なぜってそりゃあ、クソお世話になったからさ」

グラハムの人相書きは帝国中に張られているという。

グラハムのことを見て唸《うな》っているアリスだったが、そんなことをしている時ではないと急ぎ様子を確かめることにした。

眼前で展開されている戦闘は、今のところ奇襲をした魔人達に大きく分があるようだ。

どうやら最初の天井を吹き飛ばす一撃でかなりの兵が負傷してしまったらしく、ヘルベルト達が見ていた時と比べても明らかに数が少ない。

そして階段などの障害物に隠れるように、負傷者達が応急手当を行っていた。

「たしかにこのやり方なら跳ね橋を突破する必要もないし、地下まで近いところから侵入できるな……しかもあちらさん、地下へのルートも把握しているようだぞ」

二階から一階への階段は、そのまま少し歩いていけば地上一階と地下一階を繋《つな》ぐ隠し階段へとつながっている。

どうやら魔人側には、王城の間取りも漏れているらしい。

パリス達も何人かは捕まえてくれていたはずだが、やはり全ての鼠《ねずみ》を根絶させることはできなかったようだ。

「とりあえず応急処置を――」

「いや、今は時間が大切だ。騎士達は放置して先に進もう」

助けに入ろうとするマーロンを引き留める。

今ここで時間をロスするのはあまりにも悪手だ。

その間に地下で封印を解かれてしまっては手遅れになりかねない。

マーロンもヘルベルトの言っていることの正しさを理解しているからか、少し考えてからしっかりと頷いた。

ただし完全に納得しているわけではないからか、その眉間にはしわが寄っていた。

「ヘルベルト、ここは私達が」

「少し戦闘を見させてもらいましたが、あれくらいでしたら私達でも対処できるかと」

「それにこの私、王女イザベラもいる。私の声援があれば、騎士団達も元気を取り戻すことだろう」

「悪い、頼んだ。行こう、マーロン、グラハム」

「ああ」

「おうよ」

「グラハム……えっ!?　まさか、彼が――」

全てに気付いたらしいアリスを置き去りにして、ヘルベルト、マーロン、グラハムの三人は、そのまま地下を目指すために駆け出すのだった――。

ネルは駆け出していってしまったヘルベルトの背中を見つめる。

本当なら手を伸ばして、今すぐに自分もそこへ行きたい。そして連れていってほしいとお願いをしたい。

けれどそれをするだけの資格が今の自分にはないということを、彼女はしっかりと理解していた。

「ぎえっへっへっ！　ま～た新たな獲物が来やがったぜ！」

「ゴロス！　ゴロジテヤルッ！」

ヘルベルト達のことをめざとく発見した二人の魔人が、この場を離れようとする彼らへと攻撃を仕掛ける。

ヘルベルトのいる左側にいるのは全身が緑色をしていて、ハエのような薄い翅《はね》を羽ばたかせて空を飛んでいる魔人。

マーロンのいる右側にいるのは、全身が四角く成形された土でできている魔人だ。

恐らくはマジカルフライの魔人と、ゴーレムの魔人だろう。

魔物としての強さはさほどでもないが、その特徴を持つ魔人は本来の魔物よりも一段階も二段階も強くなる。

今のネルではきちんと一対一で相手をしなければ倒すことができないような相手だ。

二人の魔人は視界の外側を縫うようにして襲いかかった。

完全に奇襲の一撃だ。

けれどヘルベルトもマーロンも、その一撃を事前に察知していた。

「シッ！」

「邪魔を――するなっ！」

ヘルベルトの斬り上げが魔人の身体を真っ二つに裂き、マーロンの放つ光の矢は魔人の心臓を一撃で射貫《いぬ》いてみせた。

とてつもない威力と精度だ。

しかしそれをやってのけた二人はけろっとしており、後ろに控えているグラハムも表情一つ変わらない。

――勝てない。

一目見ただけでそれがわかってしまったネルは、グッと下唇を噛《か》みしめる。

同年代の学院生達と比べて、ヘルベルトとマーロンの実力は明らかに隔絶している。

二人とも系統外魔法の使い手ということを抜きにしても、その実力は他の生徒達を圧倒できるほどに高いのだ。

恐らくこれから先に待っているであろう強力な魔人達。

彼らと戦うには、今の自分では実力が足りない。

この一年間、ネルも何もしてこなかったわけではない。

父であるグランツの反対を押し切り武官に稽古をつけて貰《もら》い、屋敷でも魔法の練習ができるよう新たに元宮廷魔導師の家庭教師まで雇っている。

決して足を止めて何もしていないわけではないのだが……それでもヘルベルトとの距離は、広がっていくばかりだった。

今のヘルベルトにネルが同行しても、まず間違いなく足手まといになるだけだ。

だから歯噛《はが》みしながらも、ネルは駆けていくヘルベルト達のことは追わず、この場に留《とど》まるという選択をする。

「まさかこんなに早く別行動になるとは思っていませんでしたが……」

「ええ、でもたしかにこちらなら、私達が役目を持つことができるというのも事実。腐らずに、今できることをやりましょう」

ネルとアリスは魔力を練りながら、目の前にいる魔人達を見つめる。

今この場所に留まるからといって、ヘルベルト達に追いつくことを諦めたわけではない。

彼らに追いつこうとするのなら、立ち止まっている暇などないのだ。

二人は騎士達へ襲いかかっている魔人を見つめ、そして魔法を発動させる。

「ブレイズレイン！」

「ウィンドドラゴン！」

ネルが放った炎の雨と、アリスが放った風の龍。

それらは騎士の間を抜けていくような軌道を取って魔人達目掛けて襲いかかる。

「ギャアアアアッッ!?」

「グオオオオオッッ!?」

魔人達に痛打を与えたその瞬間、魔法の間をすり抜けるように飛びかかったのは王女イザベラだ。

彼女は全身に火傷《やけど》を負いのたうち回っている魔人のうちの一人を、躊躇《ちゆうちよ》することなく切り捨てた。

切り捨てる直前、彼女の剣筋がわずかにブレたことに気付いたのは、共に幾度も剣を交えたネルとアリスだけだったに違いない。

イザベラは剣を振り上げ、胸を張った。

彼女が剣を掲げるのと同時、まるで狙っていたかのように強風が吹き、天井に空いた大穴からは陽光が降り注いだ。

はだけるローブの下から現れたのは、質感のある黒い光沢を身に纏《まと》った革鎧《かわよろい》。

イザベラはすうっと胸が動くほどに大きく息を吸い込んでから、突然の事態の急変に呆然《ぼうぜん》としている騎士達へ告げた。

「我こそは王女イザベラ――イザベラ・フォン・リンドナー！　王国の騎士達よ、たかが魔人ごときが何するものぞ！　今こそ王室への忠義を見せよ！」

王城の中は、それはひどい状態になっていた。

天井には大穴が空き、一面に敷かれていた高級カーペットは魔人達の振るう爪牙《そうが》によってズタズタに引き裂かれている。

前を向けばすぐそこには、昨日まで共に語らっていた仲間達が倒れている。

けれど騎士達はそれでも諦めずに戦い続けていた。

そんな彼らの前に颯爽《さっそう》と駆けつけたのは、自分達が守らなければならない王女イザベラ。

「「「おおっ……」」」

そんなシチュエーションで、その魂が震えないはずがない。

騎士達は隣にいる騎士を見つめ、そして己の身体を見下ろした。

傷を負っていない者はどこにもいない。皆が満身創痍《まんしんそうい》といっていい。

けれど不思議なことに、先ほどまで感じていたはずの絶望はその胸の内からは消えていた。

「「「おおおおおおおっっっ!!」」」

王城に仕えている騎士達にとって、王室の言葉は何にも勝る。

彼らはなんのために剣を手に取り、誰に忠誠を捧《ささ》げたのか。

決まっている——王を、それに連なる高貴なる血を守るためだ。

騎士達は傷ついた身体を起こし、立ち上がる。

その先頭を行くのは、凜《りん》と胸を張る王女イザベラ。

イザベラの言葉に奮起した王国騎士達は先ほど押され気味だったのが嘘であるかのように、一気に魔人を押し返し始めた。

「私にはできません……流石ですね、イザベラは」

「演技ではなく素であれをやっているのが、彼女のすごいところですよね」

再び魔法を放つために意識を集中させながら、騎士達に聞こえない声でささやき合うネルとアリス。

彼女達三人だけでは、目算だけで三十は超えている魔人の全てを倒すことはできない。

この場をなんとかするためには、傷だらけになり既に士気が落ちかけていた兵士達を再び奮い立たせる必要があった。

それができるのは、生まれながらの王族であるイザベラを除いていない。

ネル達は見事彼女が起こしてみせた種火を消してしまわぬよう、その脇を固めるように注力するのだ。

顔を上げれば既に、ヘルベルト達の姿はなくなっていた。

けれどネルはもう、彼が消えていった廊下を見つめることはない。

ネルはそれでも前を向き続ける。

いつか彼の横に、本当の意味で並び立つことができるように。

ネルは再び魔法を練り、発動させた。

「フレイム……ランスッ！」

その輝きをすぐ側《そば》で何度も見続けた、中級火魔法であるフレイムランス。

最愛の人の十八番である炎の槍《やり》は、騎士の方に注意を向けていた魔人の胸を背中から貫いてみせた。

また一人魔人を倒すネルは、小さく首を振る。

（こんなんじゃ……まだまだ）

自分が思い描いている、彼の魔法より未《いま》だ遅く、そして威力も物足りない。

次はもっと上手《うま》くやってみせる。

決意と向上心からなる激情をその内に秘め、彼女は戦場を飛び回る。

「ちいっ、うっとうしい魔導師が！　まずはお前らから、潰させてもらうっ！」

遠くから一方的に自分達を狙い撃ちにしているネル達を睨《にら》んだ鳥の顔をした魔人が、背に生える翼を羽ばたかせながら飛びかかろうとしてくる。

けれどネルの顔に焦りはない。

「後ろがお留守ですわ！」

「ぎゃあああっ!?」

完全に意識をネルに集中させていた魔人の背後から、アリスが斬りかかる。

攻撃に重きを置いているという帝国流剣術は、魔人の背を深々と切り裂いてみせた。

「フレイムランス！」

そこに間髪容《い》れずに放たれるのは、ネルが発動させたフレイムランス。

前と後ろ、双方から攻撃を食らった魔人は滑空の勢いそのまま、地面を転がっていく。

そして全身を燃やしたまま意識を失い、そのまま二度と立ち上がることはなかった。

「まだまだいきますよ、ネルッ！」

「もちろん！　アリス……あなたには負けないわっ！」

二人は互いに実力を認め合ったライバルであり、同時に同じ思い人を持つ複雑な関係性だ。けれどネルは今の二人の関係が、決して悪いものだとは思っていない。

二人は互いを高め合うかのように、呼吸を合わせて魔人達相手に戦闘を続行するのだった——。


「ネル達は、果たして大丈夫だろうか……」

「ヘルベルト、お前は心配性過ぎだ」

立ちはだかるようにやってくる魔人達をなぎ倒しながら進んでいくヘルベルトの表情は晴れない。

こうなることはわかっていたが、それでもやはりネルに戦いをさせることに抵抗があるのだ。

そんな彼を見たマーロンは首を振り、グラハムは眉間にしわを寄せてから……そのままヘルベルトの頭を叩いた。

「……痛いぞ、グラハム」

「痛くしたんだから当たり前だ。おいヘルベルト、お前は一つ勘違いをしている」

「勘違い……か？」

「ああ」

パリパリとガラスが割れるような音が連続して響き渡り、グラハムの界面魔法が発動する。彼の魔法は距離を無視して遠距離にいる魔人達を一撃で屠《ほふ》っていく。

そのおかげでヘルベルト達は待ち受けているであろう強敵の前に体力を浪費することなく、進むことができていた。

階段を下っていく最中、グラハムがヘルベルトの隣に立つ。

「あのネルって子も、アリスっていう帝国人の娘も、お前の隣に立ちたがってるんだ。それを認めてやるのが、男の度量ってもんだろ？」

「……そう、かもしれない」

ヘルベルトはネルのことを守ろう守ろうとはしていたが、彼女の意思を改めて問いただしたことはなかった。

ネル自身がどう思っているか……それは先ほどまでの彼女の行動を見れば、容易に推測ができる。であればそれを認めてあげた方がいいのは間違いない。

理性でそれは理解できているのだが、感情がそれを認めるかというのはまったくもって別の話だ。

ぶすっとしているヘルベルトの頭を、グラハムは今度は乱暴に撫でる。

「まあ気持ちはわからんでもない。実際問題、俺も似たような経験が何度もあるからな。そしてそんなお前に人生の先輩から一つ、教えてやろう。これさえできれば全ての問題が解決できるくらいの、いわゆるウルトラCってやつだ」

「……そんなものがあるのなら、ぜひ教えてほしい」

「何、簡単なことさ」

そう前置きをして、グラハムが先頭に出る。

そして階段を下りきった先に居て警戒に当たっていたらしい魔人達を、鎧袖《がいしゅう》一触《いっしょく》でねじ伏せていく。

その力はあまりにも圧倒的で、魔人達は自分達が何をされたのかもわからないほどに一瞬のうちに叩き潰されていく。

必中の一撃で魔人達を倒していくグラハムの背中を見つめていると、帝国戦役の結果を彼一人でひっくり返したという普通ならあり得ないはずの出来事にも得心がいく。

「簡単さ――強くなればいい。全てを守れるくらいに、強く」

それはあまりにも単純で、それ故に何よりも実現の難しい答えだった。

けれどなるほどたしかに、たとえネル達が何を思おうと、どこにいようと、全てを守るだけの強ささえあるのなら、どうとでもなる。

ヘルベルトがネルを守りながらでも魔王を倒せるくらいの強さを手に入れることができれば、たしかに彼女を守ることができる。

いささか暴論が過ぎるかもしれないが……きっとそれは、時空魔法の使い手である自分になら不可能ではないはずだ。

「道が半ばで閉ざされちまった俺にはできなかったが……お前にならきっと、できるさ」

そう言って優しげな顔をしたグラハムは、最後にヘルベルトの背中を思いきり叩いた。

バシッという音と、背中に感じる鋭い痛み。

けれどこれもグラハムなりのエールだと思えば、不思議とそれほど嫌ではなかった。

「さて、こっからが本番だぜ。覚悟はいいか、ヘルベルト」

「ああ、竜の魔人だろうがなんだろうが……蹴散らしてやるさ！」

「なんだかんだお似合いだよな、お前達二人ってさ……」

そんなマーロンの言葉を背中に浴びながら、ヘルベルト達は地下にある『邪神の欠片』の安置されている宝物庫へと向かっていく――。


地下一階の階段を下ってから、明らかに魔人が強くなり始めている。

グラハムはそれでも一撃で魔人達を倒していたが、それでも殺しきれずに地面で意識を失うだけという個体も増えてきた。

「よし、ここからはお前らも戦え。本番前のアップだ。本気を出すのは構わないが、全力は出すなよ」

宝物庫へ向けてのウォーミングアップをかねて、ということらしい。

ヘルベルトとしてもいきなりの強敵との激戦というのは避けたかったので、正直ありがたい。

（せっかくの機会だ……ここまでに色々と培ってきた技術を、実戦で使わせてもらうことにしよう）

ヘルベルトの元へやって来たのは、魚の頭を持つ魔人だった。

その姿は魔物のマーマンに近く、筋骨隆々の肉体はびっしりと鱗《うろこ》に覆われていて、見ているだけで生理的な嫌悪感をもよおすくらいに気味が悪い。

「ギチ……ギチギチッ！」

喉も声を出すようにできていないからか、聞こえてくるのは潰れかけの虫の鳴き声のような音だけだ。

手に持っているのは三叉《さんさ》の銛《もり》で、既に騎士達を倒しているからかその先端は血に濡《ぬ》れている。

魚の魔人はヘルベルト目掛けて、前傾姿勢で駆けてくる。

得物から考えて、突きを主体にして戦うのだろう。

ヘルベルトはアクセラレートはかけず、相手の一挙手一投足を見つめる見の姿勢に入った。身体からアドレナリンが出ているからか、全身は今にも動き出しそうなほどに興奮しているが、それに反比例するように精神の方は落ち着いている。

時空魔法は使っていないにもかかわらず、彼には目の前の魚人の動きがスローモーションに見えていた。

ここ最近ヘルベルトは、調子がいいとこのように脳の動きが自分や相手の実際の動きを遥《はる》かに凌《りよう》駕《が》することが増えてきていた。

恐らくはアクセラレートを使い余人と比べると高速で動き、思考を回すという行程を何度も繰り返してきたからだろう。

彼はこの魔法を使わずに思考だけを加速させる状態を、ゾーンと呼んでいた。

「――ギイッ！」

ボッという空気が爆発するような音が鳴り、勢いよく銛が突き込まれてくる。

ゾーンに入ったヘルベルトは相手の攻撃をギリギリまで引きつけてから……薄皮一枚分の距離を取って、見事に回避してみせる。

相手に当たらせたと錯覚させるほどに至近距離での回避。

命中したという確信が一撃を放ったのちの銛を引き戻すための動作の若干の後れにつながる。

ヘルベルトはその技と技の継ぎ目を、見逃さない。

「――シッ！」

魔法の補助をかけて己の身体を加速させることなく、ヘルベルトはそのままの勢いで一撃を放つ。

しかしその速度は、先ほど放った魔人の一撃より素早く、そして高威力だった。

一刀両断、ヘルベルトは魔人を一刀の下に切り伏せてみせる。

けれど残心しながらも、当然のように周囲への警戒は怠らない。

ヘルベルトの警戒網から逃れるためか、背後に回ろうとしている魔人の姿が捉えられる。だがそれを見てもヘルベルトは恐怖に揺さぶられることはなく、目の前にいる魔人に意識を集中させる。

新たにやってきたのは、ゴブリンに似た特徴を持つ緑色の肌の魔人だ。

けれどその上腕は異常なほどに発達しており、鷲鼻《わしばな》の上に覗《のぞ》く瞳には理知的な色が宿っている。

この宝物庫に近い位置にいるという時点で、その戦闘能力は魔人達の中でも上位に入っているはずだ。

ゴブリンよりも格上――ゴブリンナイトやゴブリンキングの特徴を持つ魔人なのかもしれない。

「ギイッ！」

緑鬼の魔人が、背に負っていた大剣を横薙《よこな》ぎに振ってくる。

ヘルベルトはその一撃を、今度は剣にだけアクセラレートをかけて受け止める。

――修業の末、彼は魔力球なしで使うだけでなく、とうとう己の魔法以外の対象物事に対しても時空魔法をかけることができるようになっていた。

一見するとそこまで大きな変化ではないかもしれないが、実はこれは大きな一歩だった。

というのもこの技術の習得によって、ヘルベルトにとって常に悩みの種であったアクセラレートの連続消費による魔力の消耗を抑えることができるようになった。

時空魔法の上達と度重なる魔法の連続消費による魔力量の上昇によって、ヘルベルトの戦闘可能時間は日増しに延び続けているのである。

ヘルベルトの一撃とゴブリンの魔人の一撃が激しくぶつかり合う。

得物がぶつかり合い、火花を散らす。

その目映《まばゆ》さは、壁に立てかけられているランプの光量をはるかに凌駕するほどだ。

この局所的なアクセラレートの使い方には、当然ながらデメリットもある。

それは攻撃の威力が、ただ三倍になるだけというものだ。

たとえばヘルベルトが自身の身体全体にアクセラレートをかけた時、当然ながら彼の身体が三倍の速度で動く。

全身のバネ、腕の力、そして身体の反動……それら全てが三倍の速度になって放たれる一撃の威力は、三倍を優に越える。

けれどこの斬撃に対するアクセラレートは、あくまでも斬撃の威力を三倍にすることしかできない。

つまりその分だけ威力が抑えられるということだ。

しかしその欠点を克服するための方法も既に確立している。

「――ギイッ!?」

剣を引き戻し、たたみかけようとしていた緑鬼の魔人の驚きの声が廊下に響き渡る。

ヘルベルトはその隙を見逃さずに、魔人を切り伏せた。

まるで本来より得物が重たくなったかのように動かすことができないでいた魔人は、為《な》す術《すべ》もなくその一撃を受け、地面に倒れた。

今何をしたかと言われれば、ヘルベルトはこう答えるだろう。

相手の得物に対して、ディレイをかけたのだ——と。

かねてより練習をしていた、対象物に対してかけるディレイ。

これがようやく使えるようになったことで、魔力消費を抑えながら使う局所的なアクセラレートの弱点を補うことができるようになった。

未だ生き物に対しては不可能だが、無機物であればどんなものにもディレイをかけることができるようになった。

これによって相手の得物の動きを遅くしたり、相手の衣服にディレイをかけることで急激に負荷を発生させたりすることができるようになり、ヘルベルトの戦い方の幅は大きく広がっている。

（ふむ……六時と七時半）

彼はゴブリンの魔人と戦っている間も、当然ながら警戒を解いていたわけではない。

彼は自らの周囲に、薄く己の魔力を張り巡らせているからだ。

既にヘルベルトに、死角というものは存在しないからだ。

初級時空魔法、リーク。

これはヘルベルトが未来の自分から教わったのではなく、初めて自分で開発した時空魔法である。

効果は単純で、薄く張り巡らされた魔力の中に入ってきたものを知覚するというものだ。

以前ズーグとの特訓で編み出した、魔力塊から押し出す形で運用する滲出《しんしゅつ》魔力。

あれを使うためにいちいち魔力塊を作ってそこに大量の魔力をこめていては流石に魔力がもったいないため、滲出魔力だけを出すことができるように調整し、更にそこに時空魔法の属性を足すことで空間感知能力を引き上げた魔法である。

ヘルベルトは己の滲出魔力の警戒網の中に、魔人が入ってくるのを感じた。

足音を立てぬようにそろりそろりと近付いてきているようだ。

一歩、二歩、三歩……今ッ！

ヘルベルトは半身になりながら、スウェーで思い切り左側に身体を倒す。

すると先ほどまで彼がいたところに、鋭い爪の一撃が飛んできた。

そのままヘルベルトは身体を反転させ、裏拳の要領で敵を剣でなで切りにした。

「ギャアアアッッ!?」

トドメはささずに、そのままバックステップ。

勢いよくタックルを仕掛けてきた魔人の一撃を躱《かわ》しながら、剣を置いておく。

全身をびっしりと茶色い体毛で覆った猿の魔人は、そのまま勢いよくヘルベルトの剣へと突っ込んでいった。

「いでえええっっ!?」

猿の魔人はそのまま大きくのけぞったので、剣の持ち手を変えてそのまま一閃《いっせん》。

魔人の首を落としてから、先ほど一撃を加えておいた魔人の頭に剣を差し込む。

とりあえずこれで周囲の魔物の姿はなくなった。

もう少し数が多いか強い魔物がいれば新たに覚えた中級以上の時空魔法を使おうかと思っていたが……どうやらそこまでの相手はいなかったようだ。

ちらりと隣を見てみれば、マーロンの方も苦戦することなく魔人を倒している。

ヘルベルトほどの空間感知能力のない彼は、自分から積極的に動き、一対多の状況を作らないような立ち回りを心がけていた。

魔人に別の魔人の攻撃をぶつけさせたり、別の魔人の動きを阻害してから狙っている魔人を一対一で倒したり。

危なげのない立ち回りで、着実に魔人の数を打ち減らしていく。

ヘルベルトより時間はかかったが、彼も傷一つ受けることなく魔人を倒してみせていた。

ヘルベルトは自分の方を見つめているマーロンに、こくりと頷く。

『混沌《こんとん》のフリューゲル』で一人の魔人を相手に苦戦しながら辛くも勝利を収めたあの時とは違う。

自分達は強くなったのだ。

そう確かめ合ってから、グラハムに続いていく形で先へ先へと進んでいく。

道中魔人の数はますます増えており、ヘルベルトが倒した魔人だけでも優に十は超えている。

（一体どれだけの魔人を集めたというのか……）

その気合いの入りように、この先にいる魔人の執念を見たヘルベルト。

なるべく体力を温存するように意識しながら戦っていると、ようやく魔人の姿がまばらになってくる。

目に映っている最後の魔人を倒した時には、ここに至るまでの道の途中に魔人の亡骸《なきがら》が見えない場所がないほど、大量の亡骸が横たえられていた。

「よし行くぞ、とりあえず先頭は俺、次がヘルベルト、マーロンは後衛で俺達の補助だ」

「待ってください、突入の前にいくつか補助魔法をかけます――フィジカルブースト・キーンウェポン・リジェネレート」

そう言うとマーロンはヘルベルト達やその武器に、次々と補助魔法をかけていく。

光魔法の最も優れているのはその万能性。

身体強化を行い本来を超えるパワーを発揮できるようになるフィジカルブースト。

武器そのものを強化するキーンウェポン。

そして継続的な回復効果を発揮させる回復魔法リジェネレート。

魔法の光に包まれると、じんわりとした温かさが体内に広がっていく。

それと同時に先ほどまでと比べて明らかに身体が軽くなり、武器も振るいやすくなる。

ヘルベルトが愛用しているミスリルの剣の刀身は虹色だが、その剣をマーロンのどこか温かみのある白色の光が包み込んでいた。

補助を何重にも掛け合わせることで、その効力は最大限に発揮される。

以前何度か受けさせてもらったが、やはり光の補助魔法の効果は絶大だ。

「うし、今度こそ行くぞ。一、二――三ッ！」

ドカッと宝物庫のドアを蹴破るグラハムに続き、ヘルベルト達は中へと入っていくのだった――。


「何事だッ!?」

中に入ると同時、ヘルベルトはまず最初に滲出魔力を飛ばす。

以前戦った魔人イグノアのような透明化能力、あるいは自身の存在を隠すような隠蔽の能力を持つ魔人を警戒してのことである。

宝物庫の中はそれほど広くはなく、さして苦労することもなく部屋全体に魔力を通すことができた。

リークの魔法を使って確認できた敵の数は四。

入り口近くで待機していた大柄な男の魔人が二人。

紫色の身体をしている横にも縦にも大きいでっぷりとした魔人と、それとは対照的に枯れ枝のように細く今にも折れてしまいそうな魔人だ。

けれど彼らから発されるオーラは今までここに来るまでに戦ってきた魔人達の比ではなく、少しでも気を抜けば即座にやられてしまうと思えるほどだった。

そして宝物庫の奥、全体的に暗い宝物庫を照らすかのように強い輝きを放っている魔法陣の描かれている壁面に、もう二人の魔人の姿がある。

そのうちの一人は、聞いていた特徴と一致している、背中に翼を持ち鋭い鉤爪《かぎづめ》を持つ魔人が一人。恐らくあれが竜の魔人バギラス。

バギラスの隣にいるのは、赤い髪を地面につけるほどに伸ばしている魔人だ。

その長い髪で片目を隠しており、ローブ越しにもその豊かな双丘が見て取れる。

(女性の魔人か……初めて見るな)

パリスの話では、魔人は非常に男の割合が高いのだという。

魔人は基本的に攫《さら》ってきた人間や魔人に子を産ませるが、そこから女性が生まれることは非常に稀《まれ》らしい。

故に貴重な女性の魔人はほとんど前線に出ることはなく、子を産むために集落で大切に扱われるという話だったが……彼女が最前線に出てきているのは、その実力故なのだろうか。

赤髪の魔人は魔法陣に触れ、目を閉じて意識を集中させていた。

恐らくだが、使われている魔法の解析を行っているのだろう。

よく見れば既にいくつもの魔道具が壊されており、彼女の周囲には壊された魔道具や、恐らくこの奥にある部屋を隠蔽するための魔法陣の描かれた壁の欠片が散乱していた。

まず間違いなく、あの先にあるのが、『邪神の欠片』が封印されているという封印の間。

あの魔人がどこまで封印を解除できているのかはわからないが、このまま放置しているのはマズい。

「――オラッ、男女平等パンチ！」

恐らくはヘルベルトと同じ結論に至ったのだろう、グラハムが一切の躊躇なく界面魔法を使い、拳を叩き込む。

「――ぐふうっ!?」

目を閉じて完全に意識を魔法陣に移していた女性は、回避することなくその一撃を食らい、思い切り壁に叩きつけられる。

彼女の耐久力はそこまで高くはないようで、今の一撃でかなりのダメージを食らっていた。

グラハムはそのまま息の根を止めるべく二撃目を放とうとするが――。

「させるかっ！」

突如として発生する暴風に煽《あお》られ、思わず姿勢を崩す。

この風自体に攻撃力があるようで、小さなかまいたちがヘルベルトの頬を浅く裂いた。

一瞬でグラハムとマーロンの姿が見えなくなり、視界が渦巻く風に閉ざされる。

目を開けていられないほどの強風に、ヘルベルトは全てを視認することを諦めた。

そして即座に姿勢を下げながらリークの魔法による知覚に切り替える。

確認してみれば、近寄ってくる三つの反応。

うち一つはマーロン、そして残る二つがあの大柄な男の魔人達だろう。

あの二体は先ほどまでの魔人よりも明らかに強そうだった。流石に二対一では厳しいので、マーロンとしっかりと連携を取って相手取る必要がある。

そして少し離れた位置にいるのは、グラハムとバギラスだ。

今は彼らの方に意識を向けている余裕はない。

感じている敵の気配を頼りにして、剣の握りを強くする。

マーロンの方も、こちらに感づいているからか少しだけ動きが遠回りになっているのがわかった。

決闘をした時から思っていたが、マーロンの勘の鋭さは常軌を逸している。

自分の存在に気付いている彼とタイミングを合わせるべく、ヘルベルトはなるべく足音を立てぬようそろりそろりと敵へ近付いていく。

見れば相手の魔人は枯れ枝のように痩せている魔人だった。

太っている方が的が大きかったが、贅沢は言っていられない。

そのままのペースを維持して歩きながら、剣を振りかぶる。

そこに更に身体のひねりを加えていく。キーンウェポンによる武装の強化とフィジカルブーストによる強化も加わることで放つことのできる渾身《こんしん》の一撃を当てるため、ヘルベルトは再び精神を集中させてゾーンに入った。

宝物庫を覆うように展開されている風のカーテンの中でも、敵の魔人だけがしっかりと視界に入っている。

逆巻く土埃《つちぼこり》や飛び散る宝物、そして遠くに見えるその輝きを失いつつある魔法陣まで、視界に入るあらゆる情報が今までより一層鮮明に映るようになっていく。

もう一人の太った魔人との距離が未だ離れていることを確認してから、それら全ての情報を遮断。

ヘルベルトは目の前の魔人にだけ意識を集中させる。

自分の息づかいの一つすら耳鳴りのように聞こえる極限の集中の中で、ヘルベルトは一瞬息を止めた。

そして力強く踏みしめた足の力を解放し、一切躊躇することなく背面目掛けて剣を叩きつけるように薙いでみせた。

「――ッ!?」

ヘルベルトの存在に気付いていなかった魔人は、それでもヘルベルトの一撃に対応してみせる。

握っていた剣を背中に向け、ヘルベルトの一撃を勘を頼りに受け止めてみせたのだ。

攻撃の勢いを完全に殺しきることができずに剣によるダメージは通っていたが、致命傷にはほど遠い。

けれど魔人の意識が、完全にヘルベルトの方を向いた。

くるりとこちらに振り返ってくるそのタイミングを見計らい――マーロンが、魔人の腿《もも》に剣を突き立てる。

「ぐおおっ!?」

二対一の形勢が保てる時間はさほど長くない。

そのまま勢いで押し切るべく、ヘルベルト達は魔人を挟む形で攻撃を続ける。

ヘルベルトが上段斬りならマーロンは足を狙った一撃を。

ヘルベルトが横薙ぎを放つならしゃがみ込み勢いをつけた跳び斬りを。

タイミングよく息を合わせた連携を前に、魔人の身体はあっという間に傷だらけになり……。

「ぐ……ぐふっ」

無事もう一人の魔人がやってくる前に、片方を始末することに成功した。

地面に倒れ伏した痩せぎすの魔人にしっかりとトドメを刺してから、ヘルベルトとマーロンが風の幕がかかり見えづらい視界の中で視線を交わし頷き合う。

彼らの背後では雷と風が飛び回り、余波だけで王城の壁が吹き飛ぶほどの攻防が繰り広げられていた。

グラハムの応援に駆けつけようとする二人だったが、その背後からカツカツという硬質な音が聞こえてきたことで、意識をそちらに集中させる。

「ヴァンがやられたか……チッ、不甲斐《ふがい》ねぇ」

数歩先も見えぬ風のカーテンの中から現れたのは、先ほど入り口付近に立っていたもう一人の魔人。

でっぷりとした紫色の身体を持つ、見たことがないほどに奇怪な魔物の特徴を持つ魔人だった。

その異様な風体を見ても、不思議と嫌悪感や侮りの気持ちは湧いてはこなかった。

やってくるのは明らかな強敵が目の前にいることへの高揚感。そして隣に頼れる仲間がいるという事実の力強さだけだ。

「マーロン、さっさと倒すぞ。俺達も加勢しないと……グラハムが全て良いところを持っていってしまうかもしれないからな」

「ああ、もちろんだ」

隣に並び立つマーロン。

彼の横顔を見て、自分と同じ気持ちを抱えていることを理解する。

ヘルベルトとマーロンはどちらからともなく駆け出す。

さっさと魔人を片付け、全てを終わらせるために――。


「一応名乗っておこうかな。おでの名はドラヌス、今からお前らを殺す魔人の名だ」

でっぷりとした紫色の魔人の体躯《たいく》は、ヘルベルト達が見上げるほどに大きい。

身長は二メートルは超えているだろう。そして身体の幅は、それを優に越えている。

服は着ておらず、だるんだるんの贅肉が気味が悪いほどに段になっている。

そして段になった贅肉が更に段を作り、パッと見ただけで十段腹は超えているだろう。

けれどその動きに緩慢さはなく、その巨体に見合わず機敏な動きをしているのがわかる。

手に持っている得物は、トゲの付いた金属製の棍棒《こんぼう》。

トゲの先からは恐らく毒と思われる紫色の液体がしたたっており、当たればただではすまなそうだった。

(毒持ちの魔人か……マーロンがいてくれて助かったな)

マーロンの光魔法の中には、毒や麻痺《まひ》といった状態異常を回復させるものも存在している。彼がいなかったら、かなり厳しい戦いを迫られていたことだろう。

「なんにせよ……とりあえず、一当てするしかないかっ!」

相手から感じるプレッシャーに、ヘルベルトは即座に己の全力を出して戦う決意を固める。

アクセラレートを使用しながら敵を攪乱《かくらん》し、三倍の速度で剣撃を叩き込む。

魔人ドラヌスの動きは想像以上に速かったが、それでもアクセラレートを使ったヘルベルトには劣る。

一撃を叩き込むことはできたが……返ってきたのは、想像していなかったほど硬質な感触だった。

ヘルベルトの一撃はドラヌスの贅肉の中に隠れていた内部にまで届いたのだが、その先にあったのはまるで金属のように鍛え上げられた筋肉だった。

ヘルベルトは急ぎ剣を引こうとするが、それを邪魔するのは衝撃を受けたわんでいた贅肉だ。

危うく腕が引き込まれそうになり、強引に腕を引き抜く。

そして体勢を崩したヘルベルトの隙を見逃さずに、ドラヌスはその棍棒を視認することが難しいほどの高速で放つ。

回避動作に入るヘルベルトだったが、背筋に冷や汗が流れる。

もろに食らうことはないだろうが、完全に攻撃を避けられるかどうかはギリギリのラインだったからだ。

「ライトアロー！」

けれどヘルベルト目掛けて向かっていた棍棒はその軌道を変える。

マーロンが放ったライトアローが当たり、軌道を曲げられたのだ。

そのおかげでヘルベルトは余裕を持って攻撃を回避し、下がることができた。

「やはりこの魔人……一筋縄ではいかなそうだな」

「速く、強く、防御が高い。おまけに毒持ち……今後に備えて体力を温存している場合じゃなさそうだ」

「ぐげげっ、これなら楽しめそうだなぁっ！」

ドラヌスが笑い声を上げながら突撃してくる。

聞こえてくる足音は硬質だが、彼は靴を履いていない。

ドスドスという大きな足音が聞こえてこないのは、贅肉の中にある筋肉同様、足の皮膚が硬化しているからだろう。

「アクセラレート」

補助魔法だけではなく時空魔法による加速も加わったヘルベルトの一撃と、ドラヌスの棍棒の一撃が、真っ向からぶつかり合う。

手に感じる強い衝撃は手に痺《しび》れを感じ、思わず剣を取り落としそうになるほど。

完全に打ち負けるとまではいかないが、ここまで色々と足しても、力ではあちらに分があるようだ。

ヘルベルトは打ち合うことをやめ、回避しながら攻撃を加える方向にシフトすることにした。

こちらと相手では純粋な得物の重さが違う。

スピードではこちらが有利、そしてパワーではあちらが有利。

それならこちらの優位を押しつけるのが、勝利への最短ルートへと続いているはずだ。

「うらあっ！」

相手の棍棒の一撃は、とにかく当てることを意識した横振り。

低く足を掬《すく》うようにして放たれたそれを、ヘルベルトは飛び上がって避ける。

それを織り込んでいたドラヌスは、そのまま棍棒を急制動。

ヘルベルトの真下で棍棒を跳ね上げ、そのまま空中にいるヘルベルトを狙って一撃を放つ。

ヘルベルトは棍棒に対しディレイを発動。

そして自身の身体にアクセラレートをかける。

棍棒の動きが目に見えて鈍り、対しヘルベルトの動きのキレが増す。

ヘルベルトは棍棒を足場にして勢いよく跳躍し、ドラヌスの攻撃の勢いを利用して斬りかかる。

交差するようにして放った一撃は、今度はしっかりと相手の脇を捉える。

肉の薄い部分をしっかり狙ったおかげで、相手からは大きく血が噴き出していた。

しかし噴き出した地点からすぐに、ブシュウゥ……と音が鳴り煙が上がり始める。

見ればつい先ほどつけたはずの傷が、既に塞がり始めていた。

このまままともな打ち合いをしても、相手に有効打を与えることは難しい。

そう判断したヘルベルトは襲いかかってきたドラヌスの身体を斬り上げてから、一旦距離を取ることにした。

彼に合わせる形で、マーロンも少し後ろに下がる。

「再生能力持ち、おまけにあの見た目となると、恐らくは……」

「トロール系統の魔人だろうな。体色やあの得物から考えるとポイズントロールあたりが妥当なところか？」

縦にも横にも大きな身体を持つトロールは、オーガが進化していった先にあるといわれている強力な魔物だ。

何よりも厄介な点は強力な再生能力と高い耐性能力、そして無尽蔵に思えるスタミナである。

その強さは折り紙付きで、通常であれば大隊規模の騎士団で戦うような相手だ。

王国の騎士団においてもトロールを倒す際には人海戦術で戦い、再生能力かスタミナが切れるのを待つのが一番早いと言われている魔物である。

通常のトロールの体色は緑なので、恐らくドラヌスはトロールの上位種であるポイズントロールの魔人だろう。

トロールより更に強い魔人と考えれば、あれだけの強さを持っているのにも納得がいく。

魔人ドラヌスはその特徴から考えても、近接戦闘に特化した魔物。

それなら魔法を使って遠距離からチクチクと削っていくという手も取れる。

けれど……とヘルベルトはわずかに口角を上げる。

ドラヌスと自分の相性の問題で、今回の勝負は早くつけることができそうだ。

「クロノスショット！」

ヘルベルトの手のひらから飛び出すのは、時計の長針と短針を模した模様のある透明の球体だった。

その勢いはそこまで速くはないが、アクセラレートをかけて速度を上げることで、速度はドラヌスであっても容易《たやす》く避けることができぬほどに高速に変わる。

ドラヌスは球を見てから、そのまま避けることを諦めて接近を選択。

当然ながら魔法はドラヌスに命中した。

外側のぶよぶよの贅肉を突き破り、青い血が飛び出す。

けれどドラヌスの方はまったく動きを緩める様子はない。

どうやら見た目の通りに、かなりタフな肉体を持っているようだ。

するとドラヌスの身体が、うっすらと紫色に包まれた。

ヘルベルトが放ったのは、中級時空魔法のクロノスショット。

彼が新たに覚えた時空魔法の一つで、アンリミテッドピリオドに続く攻撃用の時空魔法である。

中級にもかかわらずこの魔法の習得がアンリミテッドピリオドに遅れたのにも、当然意味がある。

この魔法は、純粋な攻撃魔法というだけではなく、補助魔法としての側面も併せ持っているのだ。

「クロノスショット」

「ライトジャベリン」

再び放つ攻撃魔法。

今度はマーロンもタイミングを合わせて、しっかりと左右から攻撃を振っていく。

先ほどの一撃を食らったドラヌスは両者を見比べてから、ヘルベルトの方へ向けて駆けてきた。

ヘルベルトのクロノスショットは先ほど一撃を食らった上で問題ないと判断したのかそのまま身体で受け、マーロンの放った光の槍は棍棒ではじき返してみせる。

二度目の魔法が当たると、ドラヌスの身体を覆っている紫色のオーラが更に濃くなる。

そしてようやくドラヌスも、自らの身体の異常に気がついたようだ。

「なんだぁ、これは……？」

ヘルベルトに迫るドラヌスの動きは、先ほどと比べると明らかに遅くなっていた。

ドラヌスの棍棒の振り下ろしを、ヘルベルトは今度は容易く避けてみせる。

そしてすれ違いざまに一撃。

ブチリと嫌な音を鳴らしながら、足の腱《けん》が断ち斬られる。

「ちっ、だがこの程度……」

ブシュウゥと音が鳴り再び傷の修復が始まるが、ヘルベルトは間髪容れずに患部にクロノスショットを放つ。

するとドラヌスの動きが更に遅くなり、更にはドラヌスの腱の修復速度まで目に見えて落ち始めた。

「――なんでだ、なんで傷が治らねぇっ!?」

クロノスショットは当てた相手に対し、わずかにディレイの効果をかけることができる。

そしてその効果は攻撃のヒットした部分に最も強く表れる。

故に今のドラヌスが腱を完治させるまでには、通常では考えられぬほどに長い時間が必要になってくる。

そしてドラヌス自身もクロノスショットを三発も食らい、明らかに動きが鈍くなっている。この好機、逃す手はない。

「行くぞ、マーロン！」

「あぁっ！」

ヘルベルトとマーロンは、即座に接近。

ディレイの効果がかかり動きが鈍くなっているドラヌスに対し、一方的な攻撃を加えていく。

効果が消えぬ前にクロノスショットを放ち、傷の治りの遅くなっている患部目掛けて執拗《しつよう》に攻撃を続けていく。

再生能力は高いといっても痛覚はしっかりとあるようで、一度や二度の攻撃ではなんともなさそうな顔をしていたドラヌスも、何度も繰り返し剣と魔法で抉《えぐ》られるうちに悲鳴の声を上げるようになった。

「ひっ、た、助けて――」

「お前はそう言った騎士達を、本当に助けてやったのか？」

話しながらも動きを止めることなく、ヘルベルトが一閃。

ゴトリと音を鳴らして、ドラヌスの首が落ちる。

「これでもまだ死なないのか……とんでもない生命力だな」

ただしそれでもまだ再生能力が働いているおかげか、ドラヌスの頭と身体は別々に動いている。

首から下は首を守るようにマーロンの前に立ち塞がり、そして首は切断面から何か触手のようなものを出しながら逃げようとしている。

「コンヴィクトソード！」

ヘルベルトが向き直った時、そこには刀身から伸ばしたレーザーソードで胴体ごと頭を真っ二つにしているマーロンの姿があった。

ドラヌスは今度こそやられたようで、しっかりと息の根を止めることができた。

ヘルベルト達は戦いが終わり周囲を見回すが、既にそこは更地になっていた。

王城の城壁が吹き飛び、下りてきた階段が丸見えになるほどに部屋も崩れており、王城をぶち抜いたであろう一撃のせいで既に空からは陽光が降り注いでいる。

見ればグラハム達は既に戦場を移しているようで、上の地上階のどこかで戦っているようだった。

「急いで追うぞ！」

「……いいのか？　『邪神の欠片』の方は放置で」

「……完全に忘れていた」

マーロンに魔法を使って応急処置をしてもらってから、ヘルベルトはリークの魔法を使い、この部屋の中に生き残りがいないかと反応を探す。

すると既に生きた反応は一つもなく、あの女の魔人の姿もなくなっていた。

どうやらあの戦いに巻き込まれてやられたらしい。

部屋の中に魔力を巡らせてみるが、動きを見せている反応は一つもなかった。

死んだふりをしている可能性もあるので念入りに調べるが、やはり反応はない。

そして探してもあの女の死体は見えなかった。

『邪神の欠片』を封印しているであろう魔法陣は未だ健在なようで、とりあえず一安心だ。

「よし、今度こそ行くぞ！」

「おお！」

そのまま最短距離で戦場に向かうべく、破壊の跡を頼りにグラハムの下へと向かうのだった。


「――『マリオネット・ドール』、発動」

ヘルベルト達が去ってからの宝物庫に、聞こえるはずのない声が響き渡る。

妙に感情のこもっていないその声の主は、瓦礫《がれき》の陰に巧妙に身を隠していた女の魔人だった。

その顔に当初ヘルベルト達と出会った時のような生気は欠片もなく、顔は土気色。その眼窩《がんか》は落ちくぼみ、明確に死相が浮かび上がっていた。

死相という言い方は正しくないかもしれない。何せ彼女は――既に死んでいるのだから。

この女の魔人――エヴィラが特徴を引いている魔物は、その名をデス・マリオネッターという。

死んだ魔物に己の魔力を注入し、それを神経ごと肉体に接続することで、己の人形として自在に動かすことができる魔物である。

トロールに負けず劣らずの強力な魔物であるデス・マリオネッターだが、強力なのはあくまでもその能力であり、本体の戦闘能力はさほど高くはない。

そのためにこの魔物の特徴を受け継ぐエヴィラの戦闘能力も決して高くはなく、彼女は最初に一撃をグラハムからもらい、その後にグラハムとバギラスの戦いの余波に巻き込まれるだけで死んでしまった。

けれどエヴィラには、本来魔物であれば持たないとある力を持っていた。

それは……死してなお、あらかじめ設定していた通りに己の身体を動かす能力。

もっともその能力は自身を生き返らせることができるわけでも、ましてや永遠に動き続けることができるほどに凶悪なわけでもない。

ただただ己の死体を、事前にプログラミングをしていた通りに機械的に動かすだけの力だ。

彼女、いやかつて彼女であったそれは自身で設定していた力――『マリオネット・ドール』の命令に従い、機械的にその身体を動かし始める。

カチカチ、チカチカ。

魔法陣が明滅し、エヴィラの肉体が人間味を感じさせないカクついた動きで魔法陣の構造に干渉を加えていく。

そして……カチリ。

鍵が外れたかのような音が聞こえると同時に、魔法陣が消失する。

数百年もの間一切の侵入者を拒んでいた壁は壊され、描かれていた魔法陣は崩れた壁と一緒に欠片になって地面に落ちる。

そして封印の間への扉が現れ……。

「……邪神様ニ、栄光……アレ……」

己の役目を果たしたエヴィラの死体は、そのまま動きを止めるのだった——。


既に階段も崩れており、上に上がるための本来の手段は失われている。

けれど暴虐の余波によって至る所が崩れている王城の壁や突き出しているレンガを足場にし、マーロンのフィジカルブーストで身体強化を行えば上の階へ上がっていくこともさして苦労せずにできた。

ネルは大丈夫だろうかと思いながらも飛び上がるヘルベルトは、頭を振ってその思考を頭から追い出した。

そして彼女を信じると決めたではないかと、光の降り注ぐ場所から外へと抜けていった。

戦闘が行われているのは、王城の三階部分の、せり出したバルコニー部分であった。

バルコニーといっても王城なだけのことはあり、数百人は収容できるだけの広さがある。

その空間は本来であれば、閲兵式やセレモニーなどが行われる場所であった。

王都の市民達が広場にやってくればその光景を見ることができるように、隔壁も低くされ見やすい設計になっている。

有事の際には国王自らが演説やスピーチを行うはずのこの場所には、現在至る所に穴が空いており、そして二つの影がある。

一つはヘルベルト達の師匠であるグラハム。

そしてもう一つは空からグラハムを見下ろしている、魔人バギラスだ。

見れば両者共にかなり傷ついている。

パッと見たところでは、グラハムの方が深手を負っているように思えた。

グラハムの強さを知っているからこそ、彼が押されているという事実に驚かざるを得ない。ドラゴンの魔人というだけのことはあり、どうやらバギラスの実力は想定していたよりもはるかに高いようだ。

「おうヘルベルト、マーロン。魔人は問題なく倒してきたか?」

「ああ、二人とも魔力はそこまで消費してない」

「ハイヒール、フィジカルブースト」

ヘルベルトが話をしている間にマーロンが光魔法で傷の治癒と、補助魔法のかけ直しを行っていく。

グラハムの方は、翼をはばたかせて滞空しているバギラス相手に攻めあぐねているようだった。

「チクチクと攻撃してくるタイプでな。俺の攻撃に合わせて上手いこと回避してくるもんだから、なかなかこっちの攻撃が当たらねぇんだ」

グラハムが界面魔法を使い、距離を無視した一撃を叩き込む。

パリパリと音を鳴らして空間が割れ、グラハムの拳がバギラスの背中へと向かうが、バギラスは即座に全身から風を噴き出すことでグラハムの攻撃を察知、翼を勢いよく動かして高度を変えることで攻撃を避けてみせる。

どうやらやっていることは、ヘルベルトのリークと似たような仕組みのようだ。

周囲の風を使って探知を行うことで、グラハムの攻撃を察知しているのだろう。

界面魔法で一方的に攻撃を加えられるという事態は避けられているようだが、どちら側も決め手に欠けているという状態のようだ。

ヘルベルトとマーロンを削るためにそのまま空を飛び続けるかと思ったバギラスだが、彼はゆっくりとこちら側に近付き、十メートルほど距離を離したところで着地した。

「ドラヌスとフィンチまでやられたのか……そこそこやると思ってはいたが……どうやら人間側も、なかなか侮れぬらしい」

バギラスの身体は、黒と緑の入り交じった不気味な配色をしていた。

草原の描かれた絵画を強引に二つに引きちぎったかのように、黒が緑に挟まれている。

鍛え上げられた腹筋は六つに割れており、側頭部からはねじくれた二つの角が、こちらを向くように曲がった形で飛び出している。

その瞳は鋭く理知的で、身体全体からは風格さえ漂っていた。

魔人が持っている人間を侮るような気配さえ、目の前の男からはまったく感じられない。

かなりの強敵だと一目見ただけでわかる。

今一対一で戦っても、まず勝てぬだろうと思えてしまうほどに。

「注意すべきは風魔法とブレス攻撃だ。見えねぇのと見えるのを織り交ぜてくる。勘でかわすか治しながら戦え」

けれど今のヘルベルトは一人ではない。

隣には師と、頼れる仲間がいる。

グラハム一人でほぼ同等というのなら、三人で力を合わせれば倒せるはずだ。

不利になったはずのバギラスは、しかし三人を見て笑った。

「さて、それじゃあ我も……全力でいかせてもらおう」

そしてヘルベルト達の激闘が始まった――。

「ゼアッ!!」

爆発的な魔力の高まり、そして次いで爆発。

攻撃のために魔法発動の用意を整えていたヘルベルト達は、まったく反応することができなかった。

ドゴオオオオオッッ!

とてつもなく大きな質量を、ただひたすらに重たい鈍器で叩いたかのような、腹の中にある臓器まで震わせるほどの大きな音が鳴る。

見ればヘルベルト達の前にはグラハムが立っており、既に界面魔法を発動させているのがわかった。

どうやら今の音は、バギラスとグラハムの一撃がぶつかった音のようだ。

「補助魔法の力があれば、大分余裕があるな。能力の引き上げは加算じゃなくて乗算か……ふむふむ、これなら……」

攻撃同士がぶつかった余波によって発生した衝撃波が髪をめくり上げる。

強風でオールバックになり、爆風を全身で感じながらも、グラハムはにやりと笑っていた。

そしてそれを見たバギラスも目を細めてから、口角を引き上げた。

赤く変色している、長い犬歯が顔を覗かせキラリと光る。

「てめぇら、気ぃ抜くんじゃねぇぞ！　いくら目の前に最強の俺様がいるったってな！」

グラハムはそのまま界面魔法を発動。

距離を無視する回避不能の一撃を放つ。

けれどバギラスはそれを風魔法を使った探知により察知してみせる。

更にそこから己の身体の後方に風を発生させ、翼の羽ばたきと合わせて急加速。

さして厳しそうな様子もなく、回避へとつなげる。

しっかりと事前に溜《た》めがあった上での大きな一撃となると、今のバギラスのものは速すぎて目で追うことができないだろう。

けれど魔人としての身体能力と風魔法による加速であれば、今のヘルベルト達でもしっかりと目で追うことができる。

「ライトアロー」

マーロンは相手の回避速度を考えて、五本の光の矢を横に並べて一度に放つ。

バギラスが再び急制動、右側から順に襲いかかる光の矢を曲がりながら避けていく。

初級魔法であるライトアローには誘導性もないが、光魔法には魔物に対する特効を持っている。

恐らくそれを知っているのであろうバギラスは、その攻撃をしっかりと視認した上で避けることを決めたようだ。

初級魔法で速度もそこまで速くはないため、かわすのはさして難しいことではない。

けれどそれ故に、緩急をつけるにはもってこいだ。

「クロノスショット！」

ヘルベルトは方向転換をしたバギラスへ、クロノスショットを放つ。

中級魔法であるクロノスショットの速度は、ライトアローと同等。

そのため同じような気構えで避けようとするバギラス。

その瞬間ヘルベルトは、アクセラレートを使いクロノスショットを加速させた。

「――ぐおっ!?」

突如として急加速したクロノスショットに対応できず、バギラスはその一撃をしっかりと食らった。

彼の身体が紫色に変色し、ディレイの効果がかかることで動きがわずかに鈍る。

「今度こそ食らえやっ！」

クロノスショットのノックバックを受け一瞬意識に空白ができた瞬間を見逃さず、グラハムが界面魔法によって急加速させた拳を叩きつける。

ボキリと何かが折れるような音と、たしかな手応えを感じ拳を握り直す。

見れば今度こそ攻撃を食らい、バギラスは腹部に拳形の痕を残していた。

「捉えたぜ」

先ほどまでグラハムは補助魔法なしで戦い続けていた。それでも微不利な状況で粘ることができていたのだ。

そこにヘルベルト達が加われば、形勢は一気に変わる。

マーロンのバフとヘルベルトのデバフは、着実に戦局を変えてみせていた。

グラハムの連打が、バギラスの身体を強《したた》かに打ち付ける。

時に足技や頭突きさえ織り交ぜた手数重視の連撃は、しかし界面魔法の加速によってその威力を尋常ではなく底上げさせる。

「ライトアロー！」

「クロノスショット！」

更にそこに追い打ちをかけるように、マーロンとヘルベルトは魔法による援護を行う。

魔物特効が付いている魔法と、食らえばデバフになる魔法。

結果としてバギラスはその双方を避けざるを得ず、回避行動によって生じた隙を逃さず、グラハムが一撃を叩き込み続ける。

三人の連携の息はぴったりと合っていた。

伊達《だて》に何百と手合わせをしているわけではなく、お互いが相手に何ができて相手がどのように考えるかを予想し、その先回りをしておく程度のことは簡単にできるのだ。

グラハムの一撃を当てるためにマーロンは牽制《けんせい》を行い、攻撃の継ぎ目がなくなるようにヘルベルトは魔法にアクセラレートをかけたりかけなかったりすることでバギラスの判断を迷わせる。

攻めに転じようとすればその機先をヘルベルト達が潰すため、攻め手と守り手が入れ替わることなくヘルベルト達が一方的に攻め立てることができている。

「――シイッ！」

ヘルベルトは常時展開させているリークの魔法を使い、遠距離から放たれる風の刃を避ける。

今回はどうやら三重になっていたようで、見える刃とそれに隠れるもう一つの刃、更に二つ目の刃を避けたところに飛んでいく刃という三段構えだった。

その一つ一つのスピードが洒落《しゃれ》にならないため、己の感覚を頼りに一発目、二発目を避ける。三発目の攻撃も辛くも避けることができたが、よく見れば服がわずかに切り裂かれていた。

――グラハムが言っていた通り、バギラスが放ってくる風魔法は厄介であった。

一直線に向かってくる暴風、風の刃、己の囲うように展開される竜巻。

それが目に見えるものと不可視のものの二パターンずつあるため、視認で全てを処理していくのは不可能に近い。

全てを回避することは難しかったが、それでもヘルベルトはリークの魔法を使うことである程度攻撃を回避し、致命の一撃を食らう事態だけは避けることに成功していた。

リターンを使って傷を治しながら確認してみれば、マーロンの方は完全に勘頼りで風魔法を避けていた。

それでヘルベルトより食らっている頻度が低そうなのだから、彼の戦闘勘には頭が上がらない。

けれどそれでも、バギラスは倒れない。

その耐久力は、異常の一言に尽きる。

ドラヌスのような再生能力を持っているのか、最初にグラハムがつけたはずの拳の痕は、既に跡形もなく消えていた。

「――チイッッ!!」

攻撃を繰り返しこのまま押し切れるかと考えていると、バギラスが動きに変化をつけた。

彼は守りを捨て、そのままマーロン目掛けて一直線に向かっていったのだ。

ヘルベルトのクロノスショットとグラハムの拳打が当たってもお構いなしで、傷をつけながらも一目散にマーロンへと滑空していく。

マーロンは魔法による迎撃を諦め、腰に提げていた剣を取る。

その身体には自身がかけている補助魔法が乗っており、彼の身体は強い白い光に覆われていた。

「俺だって……魔法戦しか能がないわけじゃない」

向かってくるバギラスが、口を大きく開いた。

事前に教えられていたブレス攻撃の予兆だ。

「って、いきなりそれはないだろ!?」

バギラスの喉が大きく膨らみ、そのまま口から光線を吐き出した。

その光線の周囲には風の刃が渦を巻きながら、螺旋状《らせんじょう》に展開されている。

間違いない、あれが――ドラゴンが放つことができるドラゴン唯一の固有魔法と言われているブレス攻撃だ。

「――サンクチュアリ!」

想定していなかった事態に慌てるマーロンだったが、即座に防御魔法であるサンクチュアリを発動。

彼を囲うような巨大な三角錐《さんかくすい》が生まれ、白色のバリアとなって周囲を守るように展開される。

更に続けて、

「コンヴィクトソード!」

己の剣に断罪の光を乗せる中級光魔法、コンヴィクトソードを発動。

サンクチュアリが破られた瞬間にコンヴィクトソードで攻撃とバギラスを迎え撃つ体勢に入る。

「ちいっ、さっきからブレス攻撃を温存してたと思ったら、このためかよっ!」

ブレス攻撃はそこまで連発できるような攻撃ではない。

威力は高いが再使用までには充填の時間が必要であり、また使用する魔力も威力から考えると上級魔法数発分はある。

故に狙ってくるタイミングを窺《うかが》ってはいたのだが……流石にブレスを吐き出しながら後衛に突進するとは、想定していなかった。

完全に相手のことをドラゴンとして想定してしまっていた。

ドラゴンは基本的に上空で戦い、地上戦ではどっしりと構えることが多い。

けれどその戦い方は、魔人に完全に当てはまるものではない。

ブレスがサンクチュアリに着弾すると、激しい光があたりを包み込む。

風の刃による回転力が足されているブレスは、ギャリギャリと音を立てながらサンクチュアリをみるみるうちに削っていく。

「チッ……しゃあねえか！」

相手の狙いが最初から後衛だったことに歯噛みしながら、グラハムは界面魔法を使う。

彼は大技である空間破壊を発動させた。

ブレス着弾地点を、ブレスのある空間を破壊することでズラす。

そしてその間を埋めるように新たに空間を繋いで、空間を固定させた。

結果としてサンクチュアリを貫通しコンヴィクトソードを食い破りマーロンの腕にまで到達したところで、空間破壊が完了。

ブレスは明後日《あさって》の方向へ飛んでいき、最悪の事態は免れることができた。

しかしここで想定外が発生する。

界面魔法の一番の問題は、ほぼ全てを己の勘で行わなければいけないために空間を接合した場合にどのような形になるかがあらかじめ判断できないというところにある。

空間破壊を行いブレスの軌道をズラすことはできたが、新たに空間を繋いだ結果バギラスとマーロンを近づけることになってしまった。

大技を使ったせいで、グラハムも今すぐに再び空間破壊を行うことはできない。

加速した拳打を放つことができたが、攻撃を食らってもバギラスは動きを止めることはなかった。

「光魔法の使い手――ここでなんとしても殺す！」

傷だらけになっているバギラスの目は、明らかにマーロンに向いていた。

どうやら彼のことをかなりの脅威として認識しているらしい。

マーロンは改めてコンヴィクトソードを発動させようとして、すぐにそれが不可能であることを悟る。

手のひらに握っているミスリルソードは、既に食いちぎられたかのようないびつな形で、真ん中からポッキリと折れてしまっていたからだ。

それならとりあえず初級魔法でと迎撃に移ろうとしたマーロンは、自分目掛けてやってくるバギラスを見て、一瞬のうちに考えを改める。

そして彼は己の放つことのできる最大の一撃をくれてやるため、意識を集中させ始めた。

「――もらった！」

「させるかっ！」

バギラスの鋭い爪がマーロンの首を刈り取る……その寸前。

爪とかち合う形でミスリルソードによる一撃がバギラスへと向かっていった。

突進する形でマーロンへ飛翔《ひしょう》していたバギラスは、その一撃を食らい勢いよく後方へ吹き飛んで行く。

マーロンが見ている目の前でバギラスへとカウンター気味の一撃を放ったのは――。

「はあっ、はあっ……」

脂汗を掻《か》きながら、荒い息を吐くヘルベルトだった。

本来であれば間に合わないであろう距離を踏破したのは、時空魔法を使ったからだ。

彼は大量の魔力を使って強引に発動させることで己の身体にアクセラレートの二重がけ――アクセラレート・フラクションを使い、間に合わせてみせたのだ。

滲出魔力を重ね合わせることで時空魔法の効果が重なる点を発生させ、時空魔法の二重がけを可能とするアクセラレート・フラクション。

滲出魔力自体をリークという形で使うことができるようになったことで、今のヘルベルトは身体の一部だけでなく、全体に二重のアクセラレートをかけ、九倍の速度で移動することができる。

「おおおおおおおおおっ!!」

ヘルベルトはそのまま、攻撃を食らい吹っ飛んでいくバギラスよりも速い速度で大地を駆け、攻撃に移っていく。

バギラスはそれに対応しようとして、その鉤爪を上げて剣の一撃を防ごうとする。

けれどそれよりも、ヘルベルトが剣の軌跡を変えてバギラスに一撃を加える方が早い。

青い血が、ヘルベルトの身体を濡らす。

「ちいっ、それなら――ぐおおっ!?」

近接戦でダメなら全方位へ風魔法を放とうと魔法発動の準備を整えるバギラスだったが、集中しようとしている彼の頬にパァンッと勢いよく拳打が刺さる。

圧倒的に思えるヘルベルトだが、彼の眉間には深いしわが刻まれている。

（鉄塊か何かを叩いているようだ……斬撃は入っているはずだが、まったく効いている気がしないぞ！）

アクセラレート・フラクションによって圧倒的優位を得ているヘルベルトだったが、彼は未だバギラスに有効打を与えられていないと確信していた。

速度とスペックで圧倒こそできているものの、自身が与えているダメージはバギラスの持つ再生能力でまかなえる程度のものでしかない。

（それなら――やるしかないか！）

ヘルベルトの全身に、ゆっくりと靄《もや》のようなものが立ち上っていく。

そしてヘルベルトの姿が、陽炎《かげろう》のようにブレ始めた。

それは彼が新たに使えるようになった技――時空魔法の三重起動の際に現れる空間の歪曲《わいきょく》現象だった。

「アクセラレート――ッ！」

ヘルベルトは二重起動したアクセラレート・フラクションの更に上に、また新たなアクセラレートをかける。

これこそが現在の彼の近接戦闘能力を最大にする新たな時空魔法――アクセラレート・スリング。

三×三×三、つまりは二十七倍もの速度によって繰り出される攻撃は、渾身の一撃も全てが連撃。

赤子ですら達人を切り伏せられるほどの神速の斬撃が、バギラスに襲いかかる。

「うおおおおおっっ!?」

バギラスの目の前にいるヘルベルトの姿がブレ、現れては消え、そして斬撃を食らったという結果だけが残り続ける。

飛び散る鮮血と、身体の芯にまで届く強烈なダメージ。

この瞬間初めて、バギラスの顔が苦悶《くもん》に歪《ゆが》んだ。

「――ちいっっ!」

バギラスは空を飛んで緊急回避に入ろうとするが、今のヘルベルトは翼の羽ばたきすら許すことはない。

「ここで――決めるッ!!!」

ヘルベルトは、バギラスに反撃の一つも許すことなく圧倒し続けている。

けれど彼の肉体からは、一撃を放つ度に音を出しながら血が噴き出していた。

通常の二十七倍という速度で一撃を放ち続けることは、人間の肉体の許容量を優に超えている。

限界を超えて超速で行われる攻撃の一発一発は、食らっているバギラスだけでなく、放っているヘルベルトの肉体をも蝕《むしば》んでいるのだ。

ヘルベルトの振り下ろしが、バギラス目掛けて放たれる。

バギラスは魔人としての身体能力を頼りにしてそれを避けようとするが、回避動作を取るよりもヘルベルトが一撃を放つ方が早い。

バギラスの顔に深い切り傷が生まれ、血が噴き出す。

けれど手を緩めることはせずに、ヘルベルトはそのまま足へ突きを放つ。

これもまた命中し、剣が骨をすり抜ける形で裏側へと貫通した。

バギラスがうめき声を上げるのと同時、ヘルベルトの腕の筋肉からぶちりと嫌な音がする。どうやら筋のうちの一つを切ったようだ。

彼が己の時間を引き延ばしている間は、マーロンがかけている継続回復のリジェネレートの効果も高速で発動し、そしてその分だけ早く効果時間が切れる。

ヘルベルトの身体は攻撃の度に血を噴き出し、そして身体を覆う白い光がそれをたちどころに癒やしていく。

対しバギラスの方も、肉体の再生能力は常時発動している。

けれど先ほどグラハムともやり合っていたおかげで、その速度は目に見えて落ちていた。

傷が塞がれ、血が失われて血色が悪くなっていた部位に血液が補充こそされるものの、その速度はヘルベルトほど劇的ではない。

「ちいいいっ、人間風情がああああっっ!!」

バギラスは再び守りを捨て、防御をすることなくノーガードで魔法を発動させ始めた。

そのおかげでグラハムとマーロンの一撃はバギラスの身体を容赦なく打ち付け、全方位に風魔法を使う。

ヘルベルトとバギラスは全身から血を噴き出しながら、それでも互いを打ち倒すべく剣と爪を打ち合わせる。

鋭い一撃を避けることなく、そのままカウンターを放つ。

攻撃を避けるのではなく、受けた上でどうダメージを与えられるかを考える。

自らの損耗を度外視した二人の削り合い。

その軍配が上がったのは――。

「がふうぅっ……」

強烈な一撃を叩き込んでみせた、ヘルベルトの方だった。

純粋な実力でも、魔法の扱いでも、身体能力でも、優れているのはバギラスの方だ。

しかしヘルベルトに一つだけ、勝っているところがあった。

それは彼が、一人ではないということ。

空へ逃げようとするバギラスを地面に縫い付けてくれるグラハム。

牽制をしながら、ヘルベルトのことを癒やしてくれるマーロン。

彼らの力を借りることで、ヘルベルトはこうしてバギラスを追い詰めることができている。

「すううっっ……」

グラハムとマーロンが生み出した隙を最大限活《い》かし、一撃を放つための用意を調える。

呼吸を整え、精神を深く深く、意識の底へと沈めていく……。

「――おおおおおおおおっっ!!」

スッと目を開き、先ほどまでぴたりと動きを止めていた身体を、烈火のごとく動かした。

溜めていた力を解放させ、休ませることで活力を取り戻していた筋肉を躍動させる。

全身をバネのように跳ねさせ、そこに回転の力を加え、魔法の力による二重三重の上乗せを行う。

今持てる力の全てを動員して放たれた渾身の振り上げは、見事バギラスの身体を強かに打ち付けた。

バギラスの身体が宙に浮かぶ。

ヘルベルトの全力の一撃は、バギラスの身体を信じられぬほどの高度まで打ち上げていた。

バギラスは度重なる攻撃を食らい満身創痍となり、翼は折れ魔力は枯渇していた。

今の彼に、空で制動し飛んでいくだけの余力は残っていない。

「行くぞ、ヘルベルト、合わせろッ!」

見れば隣に、グラハムとマーロンが並ぶ。

どうやら既に最後の一撃を放つための準備を整えているようだ。

それを見たヘルベルトは、三重にかかったアクセラレートのうちの一つを解除。

そして九倍速で、高速で時空魔法を編んでいく。

アクセラレート・フラクションの中でより高度な時空魔法を使う際、必要な魔力は本来より遥かに高くなる。

既に幾度も傷を負っては治し、更にアクセラレート・スリングを使い続けていたヘルベルトの体力は、既に限界に近い。

そんな中で気力を振り絞り魔力をひねり出しているからか、くらりと立ちくらみがして一瞬視界が暗くなる。

けれどぎりりと歯を食いしばり、なんとかこらえてみせる。

ヘルベルトは魔力の欠乏による虚脱感に耐えながら、己の放つことのできる最大威力の時空魔法を発動させた。

「オーバーレイ・インフィニティ！」

「世界破壊拳！」

「アンリミテッドピリオド！」

魔を滅ぼす白き光を宿した極太のビーム。

空間を利用して加速を行うことで、音速を超えてもなおスピードを上げ続ける拳。

そしてアクセラレート・フラクションの発動下で放たれることで初速が本来の九倍にまで上がった虹色の破壊光線。

ヘルベルト達の放つことのできる最大の一撃が混ざり合い溶け合いながら、バギラスへと向かっていく。

バギラスはそれを見ながら目を見開き、そして……。

「ち……ちくしょおおおおおおおおおお!!」

舐《な》めていた人間達にいいようにやられた悔しさからあげた叫び声を最後に、バギラスは強烈な光に包まれ――そのまま跡形もなく、消滅したのだった。


突如としてやってきた魔人達による王城襲撃のその三日後。

休校期間が終わったことで今日からようやく再開になる魔法学院へ向かう前に、ヘルベルトは一人汗を流していた。

「ふっ……ふっ!」

彼は一人、ただひたすらに木刀を振っていた。

素振りというのは、どんな素人でもできるし、更に言えばいくらでも気を抜くことだってできる。

けれどどんな達人も、決して素振りをおろそかにすることはない。

ただ相手を倒すつもりで、剣を振るう。

その積み重ねによる重みが、実戦で振るう剣には宿るからだ。

「——ちぇえええいっっ！」

目の前にいるのは、バギラスの幻影だ。

アクセラレートによる加速がなくては倒すことができなかったであろう、今まであった中で一番の強敵。

ヘルベルトは彼に攻撃を繰り返すが、幻影は彼の攻撃を容易く躱してみせる。

己の至らなさに反省し都度改善点を見つけながら、ヘルベルトはケビンがやってくるまで、剣を振り続けるのだった。


「……歯がゆいな」

『アガレスク教団』の根拠地の襲撃と、それに誘発される形で行われた魔人達による空挺作戦による王城襲撃。

その爪痕は、王都の至る所に残っていた。

以前通った時は一つとして閉じていることがなかったが、今では街の店のうちのいくつかは開店していない。

そして街を歩く人達もどこか活気がないように見えている。

——王城襲撃事件は、多大な犠牲者を出しながらもなんとか乗り越えることができた。

そして魔人達が隠れ蓑《かくみの》にしていた『アガレスク教団』は壊滅し、今後同じようなことが起こらぬように法律も一部が改正されるという。

けれど今回の一件、ヘルベルト個人としては負けだと思っている。

戦績としては、試合に勝って勝負に負けたといったところだろうか。

ヘルベルト達は無事バギラスを倒し、その後に未だに戦い続けていたネルやイザベラ達の援護へと向かい、魔人の掃討作戦に移った。

問題なく戦いを終えてから、確認のために宝物庫へと戻り……そして驚愕《きょうがく》した。

——弱々しい光を発しながらもたしかに健在だったはずの封印が、既に破られていたからである。

そこには、勝ち誇った顔をしながら死んでいるあの赤毛の女の魔人の姿があった。

どうやら死後も動き続けることができる魔物というものがいるらしく、彼女はその特徴を引く魔人だったらしい。

その壮絶な死に様を見たヘルベルトは、彼らがしていた覚悟が並大抵のものではないことを理解せざるを得なかった。

かつて、まだ今よりはるかに優れた魔法技術を持っていたという時代の古代文明によってなされた『邪神の欠片』の封印は破られてしまった。

なので現在、ヘルベルト、マーロン、グラハムの三名でとりあえずの応急処置をすることになった。

ヘルベルトが生み出した亜空間をグラハムが壊して繋げながら、より空間として孤立させ現実世界に影響を与えぬような空間へと弄《いじ》り直し。

更にその中でマーロンに上級光魔法による結界を張ってもらい、その中に『邪神の欠片』を入れたのだ。

おかげで、『邪神の欠片』の封印が解けたことによる被害は最小限に抑えることができた。けれどそれとは別に、またとある問題が浮上してきた。

『邪神の欠片』の封印が一度解かれてしまったことで、魔人達や未だ封印の眠りについているであろう魔王から、その場所がわかるようになってしまったのである。

ヘルベルト達のやり方でも、空間を切り取ることで『邪神の欠片』による影響を抑え込むことはできたのだが、古代魔法のように『邪神の欠片』の存在そのものの隠蔽や遮断ができなかった。

更に言えば亜空間はあくまでもヘルベルトが生み出したものであり、そのためにヘルベルトと邪神のオーラが紐付《ひもづ》いてしまっている。

グラハムが空間を壊して繋げ直したためヘルベルトと空間のつながりは非常に微々たるものではあるらしいのだが……それでもある程度感知能力の高い魔人であれば、ヘルベルトが『邪神の欠片』と繋がっているということが見ればわかってしまうらしい。

そのためヘルベルトは『邪神の欠片』の守り手として、自分に襲いかかる魔人を撃退しなければならない立場になってしまった。

パリスやズーグの言うところでは実際に目にでもしないとわからないという話だったから、とにかく何が何でも魔人から逃げ続けなければ……とはならないようだが、少なくとも今後、ヘルベルトは魔人と出会えば、命をかけた勝負に発展することが増えるだろうということだった。

それを考えると、今から億劫《おっくう》ですらある。

(けれど、悪いところばかりでもない。場合によっては魔人をこちら側に引き込むこともできるかもしれないしな)

ただこれは、見方を変えればヘルベルトが『邪神の欠片』というカードを手に入れたとも言える。そこを交渉の糸口にして、対話をすることもできるはずだ。

なんにせよ、『邪神の欠片』を持っていることで魔人と接触する機会は間違いなく増えるだろう。

もっとも本来であれば王家が守らなければいけなかった『邪神の欠片』をヘルベルトが持たざるを得なくなったことで今後王家ともより深く関わらざるを得ないだろうし、今回の一件で活躍をしすぎたことで色々とやらなければいけないことも増えそうな予感がひしひしとして、今から気が滅《め》入《い》りそうになっているのだが……ケビンから声をかけられ、学院の敷地に入ったことを知り、気持ちを切り替える。

「いかんいかん、今日くらいはしっかりとしておかねばな」

今日はアリスが帝国へ帰る日だ。

短い期間ではあったが、色々と思い出も作ってきた。

まずは彼女をしっかりと送りだそう。

そう意識を切り替え、ヘルベルトは馬車から降り、学院へと入っていくのだった……。


アリスが去る日であっても、授業は通常通りに進行していく。

けれど気を利かせてくれた担任の粋な計らいにより、六限目はクラス全員で行うアリスの送別会になった。

ヘルベルトも一言を添えた色紙と花束が手渡され、そのまま最後にゲームをする。

教室の中をはしたなくならない程度に駆けながら、アリスは終始楽しそうにしていた。

最後に一言と言われ、アリスが壇上に立つ。

ほのかに汗ばんでいる彼女の姿は優雅なヴァリスヘイム家の公爵令嬢としてではなく、闊達《かったつ》なアリスという少女のことを浮き彫りにしているようだった。

「私はこれまで、王国という国のことをほとんど知りませんでした。それに……正直なことを言ってしまえば、抱いている印象もそれほどいいものではありませんでした。けれど皆様とお話をして、王都をしっかりと回って、王国のことをたくさん知ることができた気がします」

「帝国ではほとんどできなかった友人もできました。留学はとっても楽しかったです！　できれば王国と帝国との間の融和が進んでいけばと、そう思わずにはいられないほど」

「皆様、今まで本当に……ありがとうございました！」

そして終わり際、花束を抱えた彼女が綺麗に九十度腰を曲げてみせる。

そのあまりの美しさに、クラスメイトのほとんどが言葉を失っていた。

彼女のことを見慣れているヘルベルトでさえ、見入ってしまうほどだ。

今の彼女はやってきた当初よりもずっと、魅力的な女の子になっていた。


そのままホームルームが終わり、帰路につく。

マーロン達と合流して準備をしてから外へ出ると、既に馬車の周りには人だかりができていた。

その中心部では、クラスメイト達やいつの間にか復活していた非公式のファンクラブのメンバー達に囲まれながらアリスが笑っている。

その笑顔が少しだけ悲しそうに見えるのは、ヘルベルトの錯覚だろうか。

「まあ、ヘルベルト様！　それにネル達も！」

人の波をかき分けて、アリスがやってくる。

どうやらアリスはこのまま王都を抜け、隣町で一夜を明かすらしい。

楽しそうに笑っているアリスの前に、ヘルベルトは後ろ手に隠していた包みを差し出した。

「アリス、これを……」

「俺も」

「私も」

「私も用意してきたぞ」

ヘルベルト、マーロン、ネル、イザベラ。

この四人は事前に話をして、彼女への餞別《せんべつ》を用意してきていたのだ。

「開けても？」

「もちろんだ」

まず最初に開いたのはマーロンのプレゼント。

そこから出てきたのは、災害時に使える緊急用の道具の詰まったキットだった。

今後帝国も色々ときな臭くなるだろうからという、実利一辺倒のプレゼントだ。

続いてイザベラのプレゼントは、いかにも高そうな黒の宝石のあしらわれたペンダントだった。

なんでも王国でも有数の細工師が作ったものらしく、アリスも嬉《うれ》しそうにしていた。

「はい、私はこれを」

「ネル……」

見つめ合う二人。

後で話を聞いたのだが、どうやらネルとアリスはあの王城襲撃の一件の際に共闘してからというもの、三日間ほとんど一緒に過ごしていたらしい。

戦いが仲を深めるというのは、男女共に変わらないらしい。

ネルが渡したのは、魔法発動の補助をするための指輪だった。

アリスは近接戦闘もかなりの練度でこなすことができる。

杖《つえ》では邪魔になるだろうからという彼女なりの気遣いなのだろう。

「私、ネルに出会えて良かったと思ってますっ」

「私も……アリスに会えて良かったわ」

二人はひし、と強く抱き合っている。

見れば二人とも、小さな肩を大きく震わせていた。

やってきたアリスの目が少し赤いのには、見ないフリをするのが優しさだろう。

ヘルベルトは一歩前に出た。

彼を見るアリスの顔には、以前になかった母のような優しさのようなものが宿っている。

「俺からは、これを……」

ヘルベルトが差し出したのは、革張りの木箱だった。

中を開いてみると、そこから出てきたのは銀の髪留めだった。軽くエメラルドがちりばめられており、ツインテールを留められるよう、二つでワンセットになっている。

あまりプレゼントには詳しくないヘルベルトが、宝飾店に行き、自分なりに考えて選んできた一品だ。

あまり目利きには自信のないヘルベルトだったが、アリスの顔がぱあっと明るくなるのを見るに、どうやらチョイスは間違っていなかったらしい。

「どう……ですか？　似合ってますでしょうか？」

「ああ、似合っているぞ」

小さめのサイズなので、彼女の元のつややかな髪とも喧嘩《けんか》はしてない。

ツインテールの中に、ヘルベルトやネルと同じ銀の輝きがキラリと光っていた。

「それなら、良かったです」

不器用にはにかんでいるアリスを見てから、ヘルベルトは左右に視線をさまよわせる。

そしてスッと手を差し出して、

「それじゃあ……またな」

「ええ、次は帝都でお会いしましょう。帝都の案内なら任せてください」

次に会えることがわかっているからか、ヘルベルトと話している時のアリスは悲愴にくれているような様子もなく、いつものように快活なままだった。

——実は王城襲撃は、王国内に動揺が走っただけではなく、その波紋は他国にまで波及していた。

今回の一件でわかったのだが、どうやら王国と同様、帝国を始めとする各国の中には『邪神の欠片』を守護している国がいくつかあるらしい。

そして王国とは違い、他国では『邪神の欠片』の封印が一度解かれてしまえば、それを再び封印する術はない。

時空魔法を使えるヘルベルトと光魔法を使えるマーロン、そして界面魔法を使えるグラハムという三人もの封印と相性のいい系統外魔法の使い手が揃っているのは、現状王国だけなのだ。

各国は再封印を可能としたヘルベルト達との関係を深めておこうという話になっているらしく、そのおかげで王国の立場はずいぶんと向上しているらしい。

——そのせいで、実はヘルベルトは今年の夏休みには帝都へ行くことが決まっている。

そしてそのタイミングで改めてアリスとヘルベルトの見合いを行うことまで、本人のあずかり知らぬところで勝手に決められていた。

付け加えるなら恐らくそう遠くないうちに、遠く離れた異国の地にも向かうことになるだろう。

「帝都か……なんでも流行の中心地だとか」

「ええ、歌劇でもお芝居でも、一流どころが揃っておりますわ」

「なるほど、それは楽しみだな……」

ヘルベルト自身、歌劇や芝居を見るのは決して嫌いではない。

放蕩《ほうとう》していた頃も、暇さえあれば劇場に通っていたくらいには好きだ。

「私……ネルには負けませんから」

「お、おお、そうか……」

アリスの押せ押せどんどん強気ムーブを前にすると、さしものヘルベルトも普段の勢いがなくなってしまう。

ちなみにだが何度言っても、最後までアリスがヘルベルトのことを諦める様子はなかった。というかここ最近はネルとアリスが仲良くなりすぎたせいか、ネルの方もアリスとの見合いにそこまで否定的ではなくなっているような気がしている。

冷静に考えて、ネルとアリスの両方を娶《めと》ることはできないと思うのだが……果たしてネルは、何を考えているのだろうかと、一度気持ちを聞いてみたいと思うヘルベルトである。

ちなみにアリスはグラハムのことを帝国には黙ってくれているようで、その点に関してはかなり助かっている。

もっともそのせいで再封印をしたのはヘルベルトとマーロンの二人ということになってしまっており……ヘルベルトは帝国行きの正式な日取りが決まる前に、なんとしてでも亜空間を自身と切り離し完全な別空間として保持するグラハムの技術を身に付けなければならなくなってしまったのだが……そこは気合いでなんとかするしかない。

「それでは皆様、お元気で！」

階段を上ってから手を振り、アリスは馬車の中へと入っていく。

彼女が馬車に揺られて去っていくのを見つめてから、ヘルベルトは帝都行きまでに習得しなければ

ばならないグラハムの技術を身に付けるため、急ぎ彼が待つ練兵場へと向かうのだった。

魔人の騒ぎが終わったと思えば、次は帝都行きのための修業の日々。

ヘルベルトがゆったりとした日々を送れるのは、どうやらまだまだ先の話のようだ——。

あとがき

初めましての方は初めまして、そうでない方はお久しぶりです。しんこせいと申す者でございます。

年度も変わり、今年も確定申告をなんとか終わらせることができました。

税理士さんに頼むと楽ですねぇ、本当に。今年からは僕も青色申告家の仲間入りです。

俺の基礎控除と複式簿記が火を噴くぜ！（なお、全て税理士さん任せ）

今年はふるさと納税も始めてみました。本当に食料品が届くんですねぇ……去年までやらなかった自分をハリセンで叩《たた》いてやりたいです。

ただこれ、食材を使うタイミングに悩みます。いっそのこと、友人みたくコーラやポイントにしちゃった方が楽かもしれません。

あとがきを書いている現在は二月も半ばを過ぎた頃です。

チョコレートが消え、入れ替わるようにイチゴと抹茶が出てきました。

月日が経《た》つのが速い……きっと今年もあっという間に過ぎていくんでしょうね。

恥ずかしながら去年は色々と初めての作業も多く、ついストレスを溜《た》めてしまい、自分を律しきれずに暴飲暴食をすることも多かったです。

けれど去年の十一月あたりから、精神面がものすごく安定してくるようになりました。

露骨にお酒と間食の量が減りましたし、あまり外食もしなくなりました。

お酒や甘いものは現実からの逃避ではなくて、コミュニケーションとご褒美になりました。

ラーメンは外で食べなくても、即席麺で十分満足できます。

毎日本を読んでいるおかげで、創作意欲も高めです。

恐らくこれが出ている頃にはまた新作を書いていると思いますので、もし良ければ応援していただけると助かります！

さて、豚貴族三巻、お楽しみいただけたでしょうか？

シリーズも三巻も続くとキャラが増えてきて、色々とわちゃわちゃしてくるようになりました。

恐らくこれが世に出ている頃にはコミカライズの方も公開されていると思います。

ぜひぜひ、そちらもチェックしてみてください！

それでは最後に謝辞を。

新担当のO様、いつもありがとうございます。『宮廷魔導師』ともどもお世話になっております。

複数作品の刊行のために、何度もメールを送らせてしまい申し訳ございません。

イラストレーターのriritto様、今回も美麗なイラストをありがとうございます。

そして今巻を手に取ってくれているあなたに最大級の感謝を。

あなたの心に何かを残すことができたのなら、作者としてそれに勝る喜びはございません。

名門《めいもん》
ウンルー公爵家《こうしゃくけ》の
幼《おさな》き天才《てんさい》ッ！
神《かみ》に愛《あい》された
美貌《びぼう》の御曹司《おんぞうし》ッッ!!
ヘルベルト・フォン・
ウンルー卿《きょう》だ――ッッ!!!
誰《だれ》だッ!!
今《いま》 豚《ぶた》がどうとか
言《い》ったヤツはッッ!!?
「20年前《ねんまえ》の
俺《おれ》――」
「誰《だれ》も
友達《ともだち》のいない、
ひとりぼっちの
豚貴族君《ぶたきぞくくん》へ」…？
チッ
「俺《おれ》は
20年後《ねんご》の
お前《まえ》…」
「ヘルベルト・
フォン・ウンルー
その人《ひと》だ」
「時空魔法《じくうまほう》を
用《もち》いて
手紙《てがみ》を送《おく》らせて
もらった」
まるで
時空魔法《じくうまほう》
じゃ
ないか!!
豚貴族は未来を切り開くようです
漫画：大出リコ　原作：しんこせい　原作イラスト：riritto
コミカライズ最新情報はコミックガルドをCHECK!
https://comic-gardo.com/
コミカライズ
好評連載中
!!!!

作品のご感想、ファンレターをお待ちしています

あて先

〒141-0031　東京都品川区西五反田 8-1-5 五反田光和ビル4階
ライトノベル編集部
「しんこせい」先生係／「riritto」先生係

スマホ、PCからWEBアンケートにご協力ください

アンケートにご協力いただいた方には、下記スペシャルコンテンツをプレゼントします。
★本書イラストの「無料壁紙」　★毎月10名様に抽選で「図書カード（1000円分）」

公式HPもしくは左記の二次元バーコードまたはURLよりアクセスしてください。
▶ **https://over-lap.co.jp/824007995**
※スマートフォンとPCからのアクセスにのみ対応しております。
※サイトへのアクセスや登録時に発生する通信費等はご負担ください。

オーバーラップノベルス公式HP ▶ **https://over-lap.co.jp/lnv/**

豚貴族は未来を切り開くようです 3

～二十年後の自分からの手紙で完全に人生が詰むと知ったので、必死にあがいてみようと思います～

発行　2024年4月25日　初版第一刷発行

著者　しんこせい

イラスト　riritto

発行者　永田勝治

発行所　株式会社オーバーラップ
〒141-0031　東京都品川区西五反田8-1-5

校正・DTP　株式会社鷗来堂

印刷・製本　大日本印刷株式会社

ISBN 978-4-8240-0799-5 C0093

【オーバーラップ　カスタマーサポート】
電話　03-6219-0850
受付時間　10時～18時（土日祝日をのぞく）